JN105737

The Record by an Old Guy in the world of Virtual Reality Massively Multiplayer Online

とあるおっさんのVRMMO活動記 22

椎名ほわほわ
Shiina Howahowa

登場人物紹介
アース
本編の主人公。
マイペースなプレイぶりで
知る人ぞ知る存在に。
リアルでは38歳独身の
会社員、田中大地(たなかだいち)。
ルエット
アースの指輪に
宿る妖精。
元フェアリークィーン
の分身ながら、
進化して自分の命と
魂を持った。
アクア
妖精国の象徴・
ピカーシャの一体。
お忍びでアースの旅に
同行する。

雨龍（うりゅう）
「龍の国」で崇められている
双龍が一人。
妖しいほどの美女にして
凄腕の武人。
クラネス
ドワーフの女鍛冶屋。
腕利きながら、
無茶な武器を好んで作る。
砂龍（さりゅう）
「龍の国」で崇められている
双龍が一人。
物静かな外見によらぬ
凄腕の武人。

1

（何ともまあ……掲示板のほうはずいぶんとやり取りが激しいな）

お世話になったドワーフの皆さんに挨拶をした後、ちびアクアを頭に乗せたアースこと自分は、次の街を目指して蒸気トロッコに揺られている。

そしてその時間を利用し、魔王様の遺体の在り処が分かるきっかけでも見つかればいいなと思って『ワンモア・フリーライフ・オンライン』のプレイヤーが集うネット掲示板を覗いたのだが……そうか、ゲームの情報がまとめられているＷｉｋｉが落ちるほどの混雑状態なのかー。

地底世界が開放されて、契約妖精に更なる活躍の場が与えられたというのはかなり大きな変化だったな。だから万が一にも契約妖精にフラれるわけにはいかないと、より仲良くなるための情報を求めてサイトに閲覧者が殺到したといったところだろう。

しかし、改めて掲示板を読み返してみても、これと言って魔王様の遺体に関する情報はヒットしない。他に何か情報は……おや、鍛冶関連の掲示板がちょっと揉めてるような？

新しく手に入るようになった鉱石関連の話か。『ミスリル、ついに見つかる』という見出しから始まって、ただの鉄鉱石でも今までとは品質が桁違いに良すぎるとお祭り状態になり……そしてその後、精製ができない、どうやるんだよこれ⁉ って流れに突入している。

自分がドワーフの皆さんから教わった鍛冶のコツの中には、この地底世界で手に入る鉱石の精製方法もあった。やり方が分からないって人は多分、あまりドワーフの皆さんと交流を図ってないんだろうな。

しかもその精製方法もドワーフから受けられる訓練をしてからじゃないと、ミスリルですらただのゴミクズになり果ててしまう。ドワーフ達との交流を経て教えてもらった人はそのやり方を掲示板では明かさず、密かに修練しているんだろうな。だから大騒ぎになっていると思われる。

鍛冶をメインにやっていて呑み込みが早い人なら、もう精製できるようになっている可能性はあるが、そんな貴重な情報をこんな早期に漏らすはずがない。人より一歩先を行けるって事は、それだけお金を稼げるチャンスに繋がるからな。

それ以外はこれと言って目を引く話がなかったので、掲示板のウィンドウを閉じて、蒸気トロッコの窓から周囲を見渡す。

掲示板では野菜が作られていたって話も出ていたが、ここら辺は小麦がメインのようだ。土壌によって生産物を変えているんだろう。

どういう理屈かは分からないが、蒸気トロッコが走るエリアには天井に取り付けられたいくつもの石のような物が発光しており、地上の昼間のような明るさだ。だから作物が日照不足で育たないなんて事はないようだ。

で、収穫された作物はこの蒸気トロッコの貨物車両で運ばれる、と。

蒸気トロッコのすぐ傍で生産している理由は、運搬距離をできるだけ短くする事に加えて、地底世界特有のモンスター『命を収穫する者』に蹂躙されないようにするためでもあるのだろうな。

『あーあー、そろそろ次の駅に着く。降りる奴は準備をしておけよー』

そんな声が、客車につけられている伝声管から聞こえてきた。

一駅の間は三〇分ぐらいか？　障害物が一切なくまっすぐに進み、それなりのスピードが出ているから、かなりの距離を移動できている。この蒸気トロッコは、地底世界においてかなりありがたい移動手段だな。しかしそうなると、掲示板でちらほら見る、ドワーフの村に入れない人って今後長距離の移動手段の確保をどうするんだろ？　そこら辺のサポートを運営は何もしないのかね？

やがて蒸気トロッコは徐々に速度を落とし始め、徐行運転でゆっくりと駅の中に入っていく。現実世界でひと昔前の地方にあったような、最低限の施設しかない小さな駅だが、掃除はこまめにされているようで汚くはない。

完全にトロッコが止まると同時に客車のドアが開き、乗り降りが可能になる——まあ、今回は自分以外に降りる人も乗る人もいない。

その一方で、後方の貨物車両のほうは大忙しだ。農作物や各種鉱石の積み下ろしのために、複数のドワーフさんが駆けずり回っている光景が目に入った。

自分はそのまま駅を後にした。何せ切符なんかないからだ。というのも、蒸気トロッコの存在理由は農作物や鉱石の運送がメインであり、人を乗せて移動するのはおまけなので、馬鹿な事をしでかさない限り運賃は無料となっている。

そしてそのまま街の中へと入ると、どうやらこの街には他のプレイヤーがちらほらいるようで、一〇人ほどが固まって行動していた。

「お？　もしかしなくてもプレイヤーじゃん。まさかこんな辺鄙（へんぴ）な街で俺達以外のプレイヤーに会うとは思わなかったぜ」

そのうちの一人である男性プレイヤーが手を挙げながら近づいてきてそんな事を言ったので、こちらも手を挙げて「まあ、偶然でしょ」と返答しておいた。

「ところで、ほかのPT（パーティ）メンバーは？　この地底世界で単独（ソロ）って事はないでしょ？　もしかして、全滅しかかったんで街まで逃げてきたところ？」

女性プレイヤーからはそんな事を聞かれてしまった。少し悩んだが、自分はソロ活動をしていると正直に伝える。

「地下に入るときにはPTを組まないといけないと知らなかったクチか？　だったら俺達と行動するか？　この地底世界、ソロじゃ厳しすぎるだろ？　もちろん無理にとは言わないけどよ」

最初に声をかけてきた男性プレイヤーからそんな提案を受けたが、今の自分の状況ではソロでいざるを得ないんだよねえ。魔王様の遺体を見つけたときに、PTで均等割りなんてされてしまったら困った事になるから。

PTに入っておいて、自分のクエストアイテムだから全部欲しい、なんて意見は通らないだろう。揉め事を起こさないためにも、ここは提案を断るしかない。

「ああ、ありがたい話なんだがちょっと理由があってね。捜し物が終わるまではソロでいなきゃいけないってクエストを受けているんだ」

自分の言葉を聞いたプレイヤー達は「この地底世界でソロ強要って、鬼畜クエストだな」とか「さすがワンモア、容赦ねえ」とか「ひっでえクエストだなそれ、運営はやっぱ鬼畜だわ」などと言いながら、同情するような視線を向けてくる。ただ、「どこで受けるクエストなんだ？」とか「報酬って何？」といった質問はされなかった。

「なるほど、クエストかよ。相変わらずこの世界は容赦ねえな……それじゃPT組みたくても組めねえよな。頑張れよ」

と、苦笑を浮かべながらの男性プレイヤーの言葉に「ありがとう、そっちも探索頑張ってくれ」

と返答して別れる。

さてと、まずは寝床の確保だ。テントを張るなりするにしても、許可を得ないとドワーフの皆さんに迷惑をかけてしまう。まずはこの街のまとめ役のドワーフを見つけないとな。とにかく、街の人に話しかけてみるか。

「ああ、そういう事ならあそこの……一軒だけ緑色の屋根の家があるだろ？　あの家にいる奴がこの街のまとめ役だ。街の近くで休みたいならアイツから許可を取ってくれ。許可さえ下りれば、俺達も文句はねえ」

なんか、あっさりと教えてもらえたんだけど……まあいいか、面倒がなくて済むのはありがたい。教えてくれたドワーフにお礼を言って歩き出し、まとめ役ドワーフが住んでいるという家のドアを叩く。

「おう、いるぞ。入ってくれ！」

――警戒心が全くないような気がするんだが、いいのかなぁ？　とりあえず入っていいと言われたんだから失礼するか。ここでずっと立っているわけにもいかないし。

「失礼いたします」

ドアを開け、ひと言断ってから家の中に入る。そこは最初の街でお世話になった家と似たような間取りで、一人のドワーフが安楽椅子に腰かけていた。

「今日は来客が多いな。で、兄ちゃんは何の用事だい？　困り事かな？」

友好的に話を聞いてもらえる様子でありがたい。率直に、街の傍でしばらくの間テントを張ってもいいかどうかを尋ねてみる。

「ああ、それは構わんよ。兄ちゃんはコログウと争った形跡もないようだからな。匂いで分かる」

すると、許可はあっさりと下りた。やはりあの虎に似たモンスター、コログウと事を構えたか否かで判断されるようで、それさえ大丈夫ならドワーフの皆は基本的に友好的なんだろう。

しかし、匂いで分かるというのもすごい話だな、どういう嗅覚してるんだか……血の匂いとかなのかね？

「というか、兄ちゃんなんだろ？　青い鳥を相棒にしているっていう噂の冒険者は。そんな外套を着ているのは兄ちゃんぐらいだからな。で、兄ちゃんさえよければ、前の街でやってたようにこの街でも、作業場の連中を水で冷やして癒（いや）してやっちゃあくれないか？　やってくれるっていうなら、街の外と言わずに空いている家で寝泊まりしていいし、もちろん報酬も渡すが、どうだい？」

この街でもその話になるか……しかし、なんでそんな事が必要になるまで仕事をするんだ？　いくら鍛冶に優れているドワーフでも、熱い作業場での長時間作業は体にこたえるだろう。だったら、無理のない範囲でやればいいだろうに。それとも、そういうわけにはいかない理由でもあるのか？

「その依頼を受けるかどうかはこの子次第ですが……先に一つ質問をさせてください。なぜそうまでして仕事をなさるのですか？　休みを取りながら、徐々に作業を進めれば宜しいのでは。無理をして倒れてしまっては元も子もないでしょうに」

そんな自分の質問に対し、まとめ役ドワーフは「ああ、まあ兄ちゃんの言う事はもっともなんだけどよ」と前置きをしてから、その訳を話し始めた。

「俺達も過剰労働だってのは分かってるんだがよ……何でか知らねえが、いきなり三大都からミスリルをはじめとする各種金属のインゴットを大量に要求されるようになっちまってな。その要請にできる限り応えねえと、命を収穫する者の侵攻が激しいときの救援要請に応えてもらえなくなっちまう可能性があって、断り切れねえんだ。頭の痛い話だが、街を守るためには仕方がなくてな。もっとも、大都のほうだってこんな要請をしてしまって申し訳ないって先に頭を下げてきてるから、無下にするわけにもいかなくてな」

む、三大都からの要請が原因なのか。そしていきなり需要が上がった理由は、おそらくプレイヤーにあるな。

掲示板をちょくちょくチェックしているが、かなりのプレイヤーが三大都のどれかに到着したようで、そこを拠点とした探検や鍛冶プレイヤーの訓練と装備製作で活況らしい。と言っても、現時点ではさすがに長年の経験があるドワーフに軍配が上がるから、多くのプレイヤーがドワーフの鍛冶屋から新しい装備を購入しているそうだ。そのため、ミスリルをはじめ各鉱石の需要が急激に上がったのだろう。

「そういった理由でしたか……アクア、いけるか？」

自分の言葉に、ちび状態のアクアは翼を動かして敬礼のようなポーズを見せる——変な事を覚えてるな。まあ、やるって事だろうと判断する。

「了承してくれたようです。私が冒険に出る時間以外は、この子のできる範囲で支援をしてくれると思います。ただ、無理はさせないでくださいね。この子だって生きていますし、調子の良いとき悪いときはありますから」

必要ないかもしれないが、一応念押し。大切な相棒を便利な道具扱いされて使い潰されたら、たまったものじゃない。前の街では大丈夫だったけど、ここも大丈夫かどうかなんて分からない。もし明らかにアクアがヘタってしまっているって感じた場合は、さっさとこの街から出ていく事にしよう。

「もちろん分かってるさ。前の街のまとめ役からも、そこら辺は念押しされてる。まあ、もし念押しされてなかったとしても、人様の相棒をぞんざいに扱うなんて恥知らずな真似をするつもりはねえよ。万が一それを分かってねえ馬鹿がいたら、みっちり締め上げる事も約束しておくぞ」

それならいいか。こちらとしても、外にテントを張る面倒さから解放されるのはありがたい。

ログアウトするだけなら、アクアのふかふかの背中を寝袋代わりにして埋もれさせてもらえば可能なんだけどさ、他のプレイヤーの目がある場所ではやりたくない。妖精国の象徴であるピカーシャのアクアがここにいるって事を知られたら、面倒事に発展してしまうのは絶対に間違いないのだから。

「ではお手数ですが、お借りできる家と、ドワーフの皆様が作業されている現場に案内していただけませんか？　どちらも場所が分からなくては動きようがありませんので……」

そう言うと、まとめ役ドワーフは早速案内人を手配してくれた。借りられる家は小さかったが、今回は前の街での集会所のような役割がない一軒家なので、のんびりできそうだ。

また、作業場のほうにも案内してもらうと、そこではドワーフの皆さんが滝のような汗を流しながら、ミスリルの精製作業を行っていた。

「親方、今回精製できたのはこのぐらいです！」

「うーむ、やっぱり量が足りねえ。大都の要求量の半分にも満たねえ」

「無茶言わんでくださいよ、いきなり要求量が五倍ですよ？　皆くったくたになるまでハンマー握ってミスリルブッ叩いて……もう限界が目前ってのは親方だって分かってるでしょうに」

「分かってらぁ、だからどうするか悩んでるんだろうが」

耳に入ってきてしまった会話から、ドワーフの皆さんが追い込まれている状況はすぐに理解できた。だから――

「アクア、済まないが頼む。薄くでもいいから、全体にまんべんなく支援をしてあげてくれ。それでも支援があるとないでは大違いのはずだから」

「ぴゅぴゅい」

自分の願いに応えて、アクアがへたり気味になっているドワーフの皆さんに水魔法で支援を始めた。

すると、鍛冶作業の最中のドワーフさん達の頭上と首元に薄らと霧が漂い始め、その霧が熱くなり過ぎた体を徐々に冷やし、癒しを与える。もちろん、その霧が視界を塞いだりといった作業の邪魔になるようなへまを、アクアがするはずもない。

「何か、急にひんやりしてきた気が」

「このクソ熱い作業場でそんなわけがあるか！」

「いや、気のせいじゃねえぞ。首元が急に楽になりやがった」

「首だけじゃねえ、あれだけ茹ってた頭から徐々に熱が引き始めたぞ。これならまだ作業を続行できる」

「こりゃ水魔法だな、でもこんな魔法の使い手がこの街にいたか？」

二分も過ぎると、ドワーフの皆さんが決して作業の手は止めずにそんな会話を始めた。さすがアクアの魔法、あれほど熱い作業場の熱に負ける事なく程よい冷気を出すという難しい事を、あっさりやってのけている。

そして、そんな支援を受けたドワーフの皆さんの作業速度は明らかに速くなった。おそらく今の速さが、本来の作業速度だったのだろう。

そんな現場の変化を見渡していた、親方と呼ばれていたドワーフの視線が自分達を捉えた直後、彼はゆっくりと立ち上がり、作業場を離れてこちらに近寄ってきた。

「これは兄ちゃん達の支援魔法かい？　助かったぜ、もう俺も含めて皆がへとへとでな。かといって作業を休むわけにもいかず必死にやってたんだが、いくら慣れているとはいっても作業場の熱は容赦ねえし、連日の疲れもあってにっちもさっちもいかなくなってたところだったんだ。だが、この涼しさと……それだけじゃねえな。ゆっくりとだが、体力を回復してくれてるだろ、これ。さっきまで荒い息を吐いていた連中が、徐々に本来の作業速度が出せるようになってやがる。大した魔法だ」

アクアの水魔法は、一級品だからねえ。自分も今までさんざん世話になっている。

それに一回大怪我をして離脱した後、訓練し直して合流してからのアクアは能力がより高まっている。以前自分が【ドラゴンボーン】を鍛えていたときに支援してくれていたやり方よりももっと効率的、かつ効果的な魔法を使えるようになっていても不思議ではない。

実際、今のドワーフの皆さんに使っている魔法は、以前は使っていなかったものだ。

「この子の魔法ですけどね。これから、自分達が街にいるとき限定ですが、こういった支援でお助けする事になりました。まとめ役のドワーフさんからの依頼といったところでしょうか。ただし、決して酷使はしないようにお願いします」

一応、現場の監督である親方ドワーフにも伝えておく。釘は複数刺しておくべきだというのが自分の考えだから。

感謝しきりの親方ドワーフと会話を交わして情報を収集し、この日はログアウト。次のログインからは、この街の周囲を探索して、魔王様の遺体捜しに取り掛かろう。

2

翌日、ログインしてアクアと合流。その際、アクアが大勢のドワーフから崇(あが)められているところを見てしまい、ちょっと引いた。当のアクアも困惑しきりで、自分の姿を見つけた途端に頭の上に飛んでくる始末。

それだけドワーフの皆さんの作業に貢献したって事なんだろうが、ちょっと行き過ぎな気がしなくもない。

で、自分がしばらく街の外に出るのでアクアを連れていく事を告げたら、ドワーフの皆さんは即座に休憩を始めた。アクアがいないと仕事にならないから、今のうちに飯を食って体を休めておこうって事らしい。

一応仕事の進み具合を聞いてみると、かなりのハイペースでミスリル鉱石をインゴットにできており、アクアのおかげでこれまでの遅れを取り戻すどころか少し余裕すら生まれ始めたとの事。だからこれほど崇められているのか。

そんなドワーフの皆さんに見送られ、街の外へ。

街から十二分に離れたところで、《百里眼》と《危険察知》のダブルで周囲に人影がない事を確認。そこでようやく本来のサイズに戻ったアクアの上に乗り、早速調査を開始。アクアの足があれば、一気にマップが埋まっていく。時々立ち止まってもらって、方角や地形のチェックも欠かさない。

（このペース、この感覚なら……街周辺のマップが埋まるのに四日か五日ぐらいかな？）

アクアと共に調査する事一時間。マップの広がりから、自分はそうアタリをつける。前の街周辺を調査したときに見つけた、あの凍えるような寒さと霧を発生させていた地底湖などがなければ、その場の話だが。あの地底湖レベルなら、魔王様から貰ったこのマントで十分対処できる。ただ、その場合はアクアから降りて徒歩で調べなければならなくなるので、時間が余計にかかる。疲れや焦りのせいで目的の物を見落としてしまいましたよ、なんてのはゲームでなくてもよくある話。だから念入りにチェックポイントを潰していかないと。

幸い、命を収穫する者とは出会わなかった。コログウには数回遭遇したが、こちらが手を振ると向こうも尻尾を軽く振って挨拶した後、どこかに消えていった。彼らは彼らで目的を持って動いているんだろうから、こちらもその後を追って邪魔になるような真似はしない。

「アクア、この辺りでいったんご飯にしようか」

「ぴゅい！」

周囲に危険な物はないと確認したところでアクアから降り、料理の準備をする。

今回も作るのはシチュー。寒いときにはやっぱりこれだろう……以前と同じように作り、味見。うん、二回目だけあって少し美味しくなったような気がする。評価の数字に変動はないが、それは気にしない。

パンも用意し、いざ実食。アクアに渡すパンは、ある程度の大きさにちぎってあげた。嘴でちぎって食べろってのも酷い話だから。

パンをシチューにつけたりしながら完食すると、アクアも満足したようで、小さくケプッという音が聞こえた。

「アクア、ここまで走ってきて何か気になった事はないか？」

もしかしたらと思って聞いてみたが、アクアは首を左右に振るだけ。もう一度《危険察知》で周囲をチェックするが、やはり変わった気配などはない。この周辺には、魔王様の遺体はないと考えてよさそうだ。

何せ死んでも魔王様だ、その遺体の傍に来れば、きっと何らかの違和感を覚えるはず——そういったものがなければ見つけるのがかなり難しくなってしまうから、あってほしいという願望でもあるが。

「街に戻るか……明日は別の方向を調査してみよう」

こうして数日かけて調査した結果、この街の傍には魔王様の遺体はないと断定した自分は、次の街に向かう事にした。

しかし、この旅立ちのときが大変だった。

「た、頼む！　もうちょっとここにいてくれ！」

街を発とうとした自分とアクアに対して、まとめ役ドワーフの懇願が飛んできたのである。

アクアの水魔法によるバックアップのおかげで、工房の作業が危機を脱して順調に回るようになったが、アクアがいなくなるとまた作業員達のテンションがダダ下がりになる事は明らか。そのためもう少し、いやできればここにずっといてくれ、と言われてしまったのだ。

無論呑める話ではない。こちらにも目的があるし、もたついていれば今後の情勢に差しさわりが出る。

現魔王様をはじめ、『羽根持つ男』らの存在を知っている魔族の皆さんは、一刻も早く魔王様の遺体が戻ってくる事を強く望んでいる。たった一日であっても、必要のない足止めを受けるわけにはいかないのだ。それに、リアルの一日で「ワンモア」世界は大体五日が過ぎる設定になっているから、尚更急がねばならない。

「こちらも、時間に追われているんです。申し訳ないですが、ご希望にお応えする事はできません」

自分の言葉を聞いてなお要請を止めなかったまとめ役ドワーフだが……色々とぼやかしながら事情を説明していくうちに、こちらが絶対に曲げない意志を持っている事を感じ取ったのか、ついに折れた。

その表情は落胆を隠していなかったが、しばらくして「しょうがねえ、こんな助けがある事のほうが少ないってのが世の中だ。分かった、世話になったお礼としてこれを持っていってくれ。きっと役に立つときが来る」と言って、いくつかのインゴットを渡してきた。それは……

【天上のミスリルインゴット】
ミスリル鉱石を精製した際、手順や温度管理など全ての要素が奇跡的にかみ合ったときのみ生み出される、貴重なミスリルインゴット。
このインゴットには何らかの意思が宿る事が多いため、ドワーフでも武器鍛錬に使うのを躊躇（ちゅうちょ）する。

「ここ数日、兄ちゃんの相棒の支援を受けながらミスリル鉱石を精製していたときに出来たレアものだ。ワシらでも見たのは数十年ぶりになる。が、こんな一級品を大都に送ったら、これをもっとよこせって言われるに決まっている。このインゴットは狙って作れるものじゃねえと言っても、聞きやしない連中がいるもんだ。だったら、ワシらを救ってくれた兄ちゃん達に渡したほうがきっと有意義な使い方をしてくれるって考えた。だから遠慮せず持っていってくれ。さっきの話しぶりからすると、兄ちゃんは今後危ない橋を渡る必要があるんだろう？　そのときに使う武具の材料にしてくれ。このミスリルインゴットなら、弓だって作れっからよ」

先程の話はだいぶぼやかした上で伝えたのだが、それでも分かってしまう人には分かってしまう

か。まあそれはそれで仕方ない。

『羽根持つ男』と戦うときの切り札は魔剣【真同化】なのだが、その切り札を最高の場面で切れるようにするための装備もまた必要だ。今使っている【蒼虎の弓】も悪くない装備だが、以前使っていた【双砲】の能力を最大限展開させたときほどの火力はない。あの後継を作り出すべきだろうな。

あとは、もうずいぶん長く使っている両腕の盾、ならびにその中に仕込んであるスネークソードも改良しておかないと、役に立たない可能性が高い。

その改良のためにも、良い素材はありがたく頂く。訓練して鍛冶技術を高めないといけないけど、これぱっかりは人任せにできない。

「ありがたく頂戴します。本当に、大都のお偉いさんもこうして地方が疲弊している状況を理解してくれればよいのですが……いくら下が訴えても、結局どうしても上の命令には逆らえないところがありますからね」

まとめ役ドワーフがここまで懇願してくる必要があるって事を、大都側だって分かっている人は分かっているだろう。が、一番肝心な命令を出す人達が分かっていない可能性が高い。

大抵こういうときって、上の人間は、言えば大体何とかなるだろうって考えに凝り固まっているものなのだ。「ワンモア」に限らずリアルでも。

「何もこっちだって、仕事をしねえと言ってるわけじゃあねえんだよ。ただ、精製が大変なミスリルを短期間で大量に供出しろって指示がおかしいってんだよなぁ。大都のほうにそういう訴えを書いた手紙は何度も送ってるが、なしのつぶてって事は、どっかで握り潰しているんだろう。大都がいくつもの街を管理して、食材やら道具屋やらを回さなきゃ困るって言ったって、俺達も奴隷じゃねえし、仕事だって無制限にやれるわけじゃねえんだ。今の大都にいる連中は、そんな事も分からなくなっちまってるんかね……」

――遺体捜しも大事だが、こっちも探ってみるか。

やむにやまれずそういう状況になっているというのならまだいいが、もしも一部の連中の私腹を肥やすためなのだとしたら……そのときは義賊のお仕事をさせてもらう。そして、その場合のお仕置きはキツめにいく所存だ。そうしないと、こうやって働かされている人達の鬱憤を晴らせないだろうから。

「大都に行ったとき、それとなく聞いてみますよ。核心には迫れるわけもありませんが、噂話ぐらいなら聞けるでしょうし。人の口に戸は立てられぬとも言いますからね」

実際は、調べて黒だと分かったら乗り込むんだけど、それを言う必要はない。変に口を滑らせればかえって迷惑をかけてしまう場合もあるんだからな。義賊は陰でひっそりと仕事をして、そっと去るべきなのだ。

「無茶はしてくれるなよ？　こっちだって何も兄ちゃんを面倒な目に遭わせたくてこんな話をした

わけじゃねえんだしよ」

　もちろんそこは分かっている。こっちが勝手にやるだけだ。自分のやった行為を人のせいにするのは、やっちゃいけない事の一つだ。自分の歩く道は自分の意思で決める。

「ええ、分かっています。では、そろそろ失礼しますね」

「引き留めて悪かったな……頑張れよ」

　こうして地底世界で二つ目の街を後にし、蒸気トロッコへと乗り込んだ。仕事が一つ増えたが……これもまた、旅の一部か。


　三つ目、四つ目の街も大差なかった。ドワーフの職人達が疲れているところも、魔王様の遺体が見つからなかった事も。

　どちらの街でも、滞在中はアクアがドワーフ達を癒していたのだが、さすがに大都に近寄るにつれて他のプレイヤーの姿を見る事が多くなってきた。なので、アクアは街中では小さくなって目立たないようにしていたようである。そのためアクアの存在に気づいたプレイヤーはほとんどいない。

　まとめ役ドワーフの言葉もほとんど同じ。大都は俺達を使い潰すつもりなのか？という感じで、大都に対して反感を持ちつつあった。確かに、アクアが来なかったらかなりの数の職人さんがぶっ倒れていたはずの仕事量である……リアルで言うブラック企業となり果てる寸前だ。

潰れちまったら、ミスリルを供出してもらっている大都だって困るだろうに。

そんな風に考えながら、四つ目の街を発つべく蒸気トロッコを待っていると、後ろから他のドワーフとは違う、トレンチコートに酷似した軍服らしきものを纏ったドワーフがやってきた。どうやら彼も蒸気トロッコに乗るようだ。

それから数分後、大都方面へ向かう蒸気トロッコに乗り込み、適当な席に腰かける――と、先程の軍服ドワーフが、なぜか自分の傍に座った。他にも空いているというのにわざわざ。何か話があると見ていいな……なら、さっさと話してもらうか。

「自分に、何か用事がおありで？」

他の客はおらず、話をするにはちょうどいい――偶然なんだろうか？　この軍服ドワーフがそうセッティングした可能性もある。

「この路線――黄金線の通る各街を回って、様子を調べていた。無論、こんな事を他の者に言ったりしない。だが、貴殿は別だ。同胞が多大な世話になっている貴殿には忠告をしておけと、こちらの部隊長から通達が出ている」

ほう、忠告ですか。まずは聞いておこう。どう対応するか考えるのはその後でいい。

「その忠告、伺いましょう」

自分の返事に頷いて、軍服ドワーフが話を続ける。

「貴殿の存在について、すでに大都ミスリルでも噂が立ちつつある。疲弊した職人を短期間で回復させ、働かせる事ができる者がいると。その噂は今回の一件を引き起こした上層部連中の耳にも入っており、奴らはその者を利用してもっとミスリルを作り出させようという計画を立てているとの話もある。捕まらぬように注意を払うべきだな……それと、心苦しいだろうが、ここから先は同胞がどんなに疲弊していようとも回復させないほうがいい。貴殿の姿を上層部のネズミ達が知れば、何かしら難癖をつけて喜々として捕縛しに来ないとも限らんからな」

自分を捕まえようとする者がいる一方、こうして忠告に来る者もいる。今の大都では、派閥争いかなんかでも起きてるのかね？　……ついでだから、こっちが疑問に思っていた事を質問してみようか。

「そもそも、なぜこれほどまでにミスリルを必要とするようになったのです？　職人を潰せば、自分達も潰れてしまうという事が分からないわけでもないでしょうに」

この質問に対し、軍服ドワーフは「タイミングの悪い事に、今はそれが分からない奴らが上にいるのだ」と呟く。

「貴殿の言う通り、下を粗末に扱う者は最終的には己が身を潰す。しかし、今の上層部の大多数は目先の金銭に目がくらんでいる……ドワーフの恥さらしだ。己が手でミスリルを打ち、精製した事のない貧弱な者が、現場の苦労を一切理解せずにもっとミスリルを作れと軽々しく指示を出しているのが、今回の騒動の原因だ。いくら、地上から訪れた多くの者達が我らの作る武器を欲して、ミスリルの需要が跳ね上がって大きな商機が訪れたとはいえ、今の上層部の指示をまともに受けていたら職人は皆過労で死んでしまう。まともな上層部の一部といくつもの部門が緩和しろと要請しても、上層部の多数派に否決され、金に目がくらんだ奴らは聞く耳持たずに入ってくる金を数えている」

ああ、やっぱり大都全体がこの状況を良しとしているわけではないのか。しかし、そんな上層部という名の馬鹿が指示を飛ばしているってのはマズいだろう。このままじゃ、反乱が起きるぞ。

そう自分が考えている事を察してか、軍服ドワーフが更に言葉を続ける。

「数日中に、今の上層部のやり方は大都を治める存在にふさわしくないとして、不信任案が出るだろう。不信任案が出た時点で、全ての命令は一時凍結される決まりだ。案を出すのが遅れたのは、まさかここまで要請を長く続けるとは当初読めなかったからだ。確かにミスリルが必要であった事自体は事実だからな。だが、今のやり方は不当であると認めさせるだけの証拠も、もう出揃った。そして不信任案が通れば今の上層部は追放され、鉱山で数十年ミスリル鉱石を掘る立場になるだろう。そうして、自分達の指示がいかに狂ったものであったかをその身で理解するはずだ」

ふむ、そこまで話が進んでいるのか。これなら、自分に義賊としての出番はなさそうかな。自浄作用がきちんと働くのであれば、自分のような者がしゃしゃり出る必要はない。影働きをする者に頼らないで済むのが一番なのだから。

「あと数日堪えれば、このような事態は終わると。なら、自分も次の街ではひっそりと身を潜めていたほうが良さそうですね。今まで通りにやると、そちらに必要以上の負担をかける可能性が高いのであれば尚更です」

大都まではあと駅二つの距離まで近づいてきている。連中に自分達の姿を掴まれ、捕まって利用されて今の計画を潰すような事態を呼び込んでしまったら、彼らに申し訳が立たない。

「貴殿の姿に関する情報は、勝手ながら今までは上層部に届く前にこちらで握り潰していた。が、さすがに噂まではどうにもならん。これまでさんざん同胞を助けてもらっておいて申し訳ないのだが、理解を求めたい。なに、数日の辛抱よ」

これなら、従わない理由はないな。数日は大人しくしておきます、と自分が伝えると、軍服ドワーフはすまんな、と返してきた。

「まったく、やはり親の七光りなど碌なものではないな。一から鍛えられ、苦労してきたドワーフを上に据えなければ、今回のような騒ぎになる。その点も、案に盛り込んでおく事にしよう」

あ、何でそんな馬鹿が上層部にいるのかという理由も教えてくれるのね。

親の七光りかぁ……もちろん、本人がしっかりと勉強して親のポストに就く場合もあるが、今回はダメな奴だったようだな。まああと数日で一網打尽にされるようだし、関わる事はないだろう。

裁かれて反省しろってところだろ。

次の駅に到着すると、自分は降り、軍服ドワーフは大都まで戻るのだと言ってそのまま乗っていった。

それから自分はこの街のまとめ役ドワーフのところに顔を出し、街の近くにテントを張る許可を貰った。このとき、アクアは外套の中に入れて、姿がバレないようにしておいた。狭い外套の中で窮屈そうだったが、アクアも事情を理解してくれていたので暴れたりはしなかった。

テントを設置した後、歩ける範囲で街の周囲を探検したが、ある程度マップを埋めた事以外の成果は挙がらず、テントに戻ってログアウトした。


翌日ログインすると、ドワーフの街が大騒ぎとなっていた。まとめ役ドワーフのところに軍服ドワーフが数人来て、今回の過剰労働の件についての説明が行われていたのである。

どうやら、あの蒸気トロッコで出会った軍服ドワーフが話していた案とやらが無事に可決されて、上層部からの命令がストップしたようだった。

自分も話を聞きたいので、やってきた軍服ドワーフの傍に近寄る。さて、どうなったかな。

3

（ふむふむ、こうなりましたか）

軍服ドワーフから聞いた話や張り出されていた紙を読んで分かった事は——

まず、今回のミスリルの過剰製錬を要求した上層部連中は揃って捕縛、上層部からの永久追放処分を受けた。彼らが今回の一件で積み上げた財産は最低限の生活費だけを残して没収の上、今回過剰労働させられた職人ドワーフ達に分配される。

また、捕縛された元上層部のドワーフ達は、これから二〇年にわたってミスリルの採掘及び精製事業に強制従事させられるようだ。ちなみに二〇年が経過しても、精製できたミスリルの量が一定数に到達しない限り服役は終わらない、とも記載があった。

ずいぶんと話が早いが、それだけ今回の一件には早々にケリをつけたいって考える人が多かったんだろう。

それと、今回の件とは全然関係ないが、地底世界の地形がある程度分かった。

まず三角形を描き、三つの頂点に丸を描く。この丸が三大都の位置となり、その三大都から一本ずつ直線を伸ばしたのが、蒸気トロッコの路線となる。アイアン都とミスリル都を繋ぐ路線が黄金線。アイアン都とオリハルコン都を繋ぐ路線が銀光線。ミスリル都とオリハルコン都を繋ぐ路線が銅力線、と呼ばれているようである。

で、今回の一件に関与していたのはあくまで大都ミスリルにいる上層部だけで、他の大都は関係ないそうだ。

少し話がそれたが——今回のミスリルの大量発注が生じたのは、やはりプレイヤーが地底世界に押しかけたのが最大の理由のようだ。ミスリル製の武器を買う人だけでなく、インゴットを買って自分で武器を打つ鍛冶屋も相当数いたので、消費が激しくなったらしい。

そこら辺の話を聞いて、鍛冶系の掲示板を開いてみると、やはりミスリル関連の話がいくつも載っていた。ただ、ミスリル製の武器はなかなか作れないって愚痴ばっかりだったのが気になる。彼らはドワーフの職人さんと交流を持ってないんだろうか？　ファンタジーでお約束の素材を目の前にして、気がはやるのを抑えられなかっただけなのかもしれないけど。

話を聞いた職人ドワーフ達は「これでやっと休めるな」とか「よし、金が入るなら今日は飲むぞ！」といった感じで、もう上層部云々と言わないのが印象的だった。ざまあみろとか恨み言の一つもないのにはびっくりした。もう終わった事だからさっさと忘れて次へ、って考える人ばっかりなんだろうか？

……その代わり酒場に直行するドワーフの多いこと多いこと。まあ、しばらく休暇を取って英気を養ってから平時の仕事に戻れって指示があった事が、その後押しになっているのかもしれないけど。

何にせよ、これで過労死するドワーフが出ずに済んだのだから、それでいい。これで憂いなく魔王様の遺体捜しができるというものだ。

早速、今日もアクアを伴って街の外に出かける。しばらく歩いて人の目がなくなったらアクアに大きくなってもらって背に乗り、行動を開始。

いつも通りアクアに走ってもらってマップを埋める傍ら、魔王様の遺体に関係しそうな話題がないか、地底世界関連の掲示板にも目を通す。

(冷気を漂わせる滝に、地肌が金色に輝いているから掘ってみたけど石しか出なかったハズレ鉱脈っぽいもの。当たり鉱脈を見つけたはいいが同業者に一気に掘られて鉱石が枯渇した場所。やたらと命を収穫する者がたむろっている天然砦っぽい場所に、ダークエルフの谷のように天然地雷がいっぱいある地形か……どれもこれも、銅力線か銀光線の場所ばっかりだなぁ……黄金線だとそういった場所は最初の街にあった地底湖ぐらいしかなかったし……黄金線の近くに魔王様の遺体はないのかもしれないなぁ)

マップをちょくちょく確認し、自分の目とアクアの直感も使って調査するが……やはりこれといって変わったものは見つからず、収穫はない。

命を収穫する者に出会ったら、もちろんきっちり仕留めておく。ただ、ドロップするのは多少のグローのみであり、やはり上位種であるメタルっぽい奴じゃないと腕のパーツなどをドロップする事はないようだ。

ドロップが渋い代わりに経験値が美味しいというのなら、まだ戦い甲斐（がい）もあるのだが……それなりの数を倒したというのに、戦闘関連のスキルが何一つレベルアップしないのが腹立たしい。成長限界を迎えているのは弓関連だけなので、他のスキルはまだ成長の余地があるはずなのに。魔王領のダンジョンで同じぐらい戦っていれば、何かしらが1レベルぐらいはレベルアップしていると思うんだがなぁ。

それなりに強い相手なのにな。道理で、戦闘関連掲示板にも美味しくねー相手だと書かれるわけだ。

「本当に、なーんにもないねぇ」

「ぴゅいー……」

適宜休憩を挟みつつ、一時間かけてアクアに走り回ってもらったおかげで、マップはかなり埋まった。しかし、目に入ってくるものといえば、代わり映えしない地形と、天上から垂れ下がる岩の先から落ちてくる［凍結］を誘発する水の雫（しずく）ばかり。

そういえば、掲示板で状態異常関連の新しい書き込みがあったっけな。今までよりも凶悪な状態異常を引き起こすものを暫定的に『強異常』と呼んでいるようで、いくつかの例が載っていた。

例えば、今までの［凍結］は動きが鈍くなる程度だったが、地底世界の雫が誘発する、完全に氷漬けにされて動けなくなるものは［強凍結］と区別された。そういえば、以前どこかのダンジョンで雪像にされてしまったプレイヤーがいたが、あれも［強凍結］の一種と言っていいかもしれない。

他には、［毒］よりも凶悪なダメージを与えてくる［強毒］。ただし［強毒］よりも［猛毒］って言ったほうがよくね？とのプレイヤーのツッコミを受けて、そう呼ばれるようになったようだ。

あとは、継続ダメージがあるだけでなく視界を悪化させる［強出血］、完全にプレイヤーの操作を受け付けなくなり暴れ回るようになってしまう［強混乱］など。［強混乱］はレイドボスが使ってきたらしく、順調だった討伐が一転して阿鼻叫喚（あびきょうかん）の巷（ちまた）となったそうだ……

自分の探索にあまりに変化がないので、そんな情報を仕入れて気分を紛らわせているのだが、やはりどうしても退屈してしまう。地上なら天候の変化もあるし風景だって変わるからまだいいのだが、地底世界にはそれもない。先程から命を収穫する者も出てこないし、そのためついついあくびが出てしまう。

そんな自分に刺激を与えようとしたのだろうか。

ついに《危険察知》が反応した。

（ん？　命を収穫する者でも来たかな……ってあれ？　正体不明？）

プレイヤーでもなくドワーフでもなく命を収穫する者でもなくコログウでもない、新しい存在がいる。数は、一二か。一気に目が覚めた自分は、アクアに減速をお願いして、正体不明な存在との距離をゆっくりと詰める。一定距離まで近寄ったところでアクアから降り、アクアはちびモードになって自分の頭上へ移動。

その後は抜き足差し足で忍び寄り、そっと岩陰から覗いて、正体不明のいる辺りを覗き込む。そこには……ファンタジーのお約束。有名モンスターの一角。かわいいヤツとグロいヤツの両方が存在する……スライムの黄色い奴が一二匹、のたのたーっと存在していた。

（おや、今回もスライムか。ただ、前見たのとは色が違うから、別物判定されて正体が分からなかったのか。外見はそう違いはないな）

こうしたゲル状のタイプのスライムは要注意だ。厄介なパターンだと、物理攻撃が通用しない、なんでも取り込んで消化してしまう、知らないうちに接近されて不意打ちを食らう、といった危険要素がいっぱい詰まっている事もある。まあ、自分の場合は《危険察知》のおかげで不意打ちを食らう心配だけはしなくていいのだけれど。

あとはこいつらの性質次第だな。あくまで接近しない限りは危険性の低い存在なのか、獲物を見つけたらグワーッとやってきて呑み込む危険度S級の奴なのか……とりあえず、今のところスライム達が自分とアクアに気がついた様子はないが。

（前に出会った奴も含めて、情報が欲しいな。けど下手に刺激してとんでもない事になりましたーなんてパターンは御免蒙りたい。実際この地底世界ではコログウという先例があるだけに、前情報なしで戦いを挑んだらどえらい目に遭う可能性が高いのがなぁ。今日はこのままそーっと引きあげて、ドワーフの皆さんに話を聞いてみるか）

自分はゆっくりと後ろに下がっていき、距離を十分にとったところでアクアに再び大きくなってもらい、その背に乗って街まで直行した。ドワーフの皆さんから、何か有意義な話が聞ければよいのだが。


「なんだい兄ちゃん、聞きたい事って？　──ああ、外でスライムに会ったのか。手は出してない？　そりゃ賢明な判断だったな、アイツらと戦っても良い事なんか何一つないからよ」

街で暇そうにしていたドワーフを見つけて話を振ってみると、乗ってきてくれた。

「地上にはいないのかい、アイツら。で、スライムの特徴だったな。兄ちゃんが見たっていう薄い黄色のスライムは、一番ノーマルな奴だ。好戦的でもねえし、手を出さなきゃ何もしねえ害のない連中だな。逆に赤とか黒のスライムは要注意だ、アイツらは積極的に襲ってくる。あと滅多に出くわさねえが、白いスライムってのもいるぞ。こいつらは話が通じるから、争わねえほうが良いだろうな」

　話してくれた内容を、大雑把にメモを取っておく。

　へえ、黄色に赤黒白か。襲ってくるという赤と黒には特に注意しなきゃいけないな。しかし、話が通じる白いスライムか……魔王様の遺体の場所とか知らないかね？

「あと、どうしても戦わなきゃいけねえ状況になったときのために、対策も教えとくぜ。でもな、先に言っておくが、一番良い方法はさっさと逃げる事だ。さて、アイツらは切っても突いても叩いても全く通用しねえ。魔法もほとんどが通じねえ。唯一ある程度効くのは火だ。アイツらは火を嫌がる。だから、松明(たいまつ)でも、カンテラの油をまいて火をつけるでもいい、とにかく火をおこせ。そして向こうが怯(ひる)んだところで逃げるんだ。間違っても倒そうなんて思うなよ、アイツらは多少体が燃えても異様な速度で再生するからよ」

　これは重要な情報だな、スライムとは事を構えないのが一番、最悪襲われた場合は火をおこして怯ませて逃げる、とメモメモ。

「スライムに油をぶっかけて火をつけ、火だるまにしても押し切れないのでしょうか？」

　一応、倒そうとすれば倒せるのかを聞いておこう。

「うーん、どうだろうな？　正直、スライムとはやり合うだけ損だからよ、基本的には逃げの一手が懐(ふところ)的にも人命的にも一番なんだよな。そうだな、ちょっとついてきてくれるか？　そういう事に詳しい奴を紹介してやるからよ」

そう言って、そのドワーフはある一軒家の前まで案内してくれた。

彼が「おーい、爺さんいるか？」とドアをノックしながら声をかけると、奥のほうから「いるぞ、用があるなら入んな」という返事が聞こえてきた。なので、二人でお邪魔する。

「爺さん、すまんがこの兄ちゃんにちょっと魔物の事を教えてやってくれねえか？　困ってるようだからよ」

案内してくれたドワーフが説明してくれている間、自分は爺さんと呼ばれたドワーフを見ていた。頭髪はすでにないが、ドワーフらしく髭は立派。ただ、色は茶色でも黒でもなく真っ白だったが。その立派な髭を三つ編みのようにしているのは、一種のおしゃれなのだろうか？　服は質素な普段着だが、汚れてはおらず清潔にしている。

「このジジイにそんな事を聞きに来るとはな。で、若いの。お前さんは何について知りたいんじゃ？」

案内してくれたドワーフは「んじゃ、俺は失礼するぜ」と言い残してこの家から出ていく。その後ろ姿を見送った後、自分は「この地底世界に住んでいるスライムについてお話を伺いたいのですが」と切り出した。

「ほう、スライムか。あやつらは独特な動きをしおる。赤や黒は特に危険な奴らじゃな。まあ、この辺りはもう聞いておるとは思うがの。さて、もっと知りたい事があるから来たんじゃろう？　話してみい」

なので、先程考えたように、大量の油をぶっかけて全身火だるまにすればスライムを倒せるのかと聞いてみた。

「ふーむ、それか。実は試した事がある。その答えは『効く事もあれば効かぬ事もある』じゃな。まず、一定の効果があるのは間違いない。火だるまにした奴らの体は激しく縮んだからの。しかし、試したと言っても遊びではなく、赤や黒に襲われた採掘仲間を助け出すためにやったんじゃが。まそこから結果が分かれるのじゃ。そのまま小さくなり続けて消失する事もあれば、火が消えた途端に再び元の大きさまで膨らむ事もあった」

なんかの条件があるんだろうな。個体差とか、あるいは産まれてから経過した時間とか。

「大量に油を使ったが、そのおかげでそのときの仲間を死なせずに済んだんじゃ。じゃが、それはお主（ぬし）が求める情報ではないから、脇に置くぞ。結果が分かれる理由じゃが……このジジイは、場所に影響を受けるのではないかと思っておる。というのも、倒せたときは岩場、倒せなかったときは鉱脈内じゃった。おそらく倒せなかった奴は、周囲にあるチリのようなクズ鉱石を吸収して元に戻ったのではないかな。スライムとて一つの生命である事に違いはない。何の栄養も取らず、犠牲も払わずに体を元に戻せるとは思えん」

スライムがなんでも食うってのはファンタジーのお約束か……有機物だろうが無機物だろうがお構いなし。服だけ溶かすエロいスライムなんていないるわけがない。奴らは取り込んでしまえばなんでも溶かしてしまう。そういう性質なんだから。

「まあ、とにかくよっぽどの事がない限りスライムには関わらない、近寄らないのが無難じゃ。黄や白なら、近寄っても攻撃を加えなければ問題ないがの……そして赤や黒を見たら即座に逃げるのが一番安全かつ被害が少ない——おうおう、忘れておったわ。大事な事じゃからよく聞いておくんじゃ。スライムに魔法の火はあまり良くないぞ。特に黒に対して魔法の火を放ってしまえば、火を纏った奴らが突っ込んできて悲惨な事になるからの」

なにそれ、こわい。黒いスライムは原油の固まりとでも言うんですか。燃えるスライムに取り込まれて、燃やされながら溶かされるって、ホラー映画みたいな絵面だ。そんな展開は御免だなぁ。

「じゃあ、スライムとどうしてもやり合わなきゃいけない羽目になった場合、油と火種が切れたら対策がほとんどなくなるなぁ……」

まさか、この世界のスライムは魔法耐性もあるとか……戦うとなったら厳しい相手だぞ。物理耐性は言うに及ばずだし、確かによっぽどの場合を除いて、逃げてしまうのが無難だとドワーフが口を揃えるのも納得だ。

「幸い、距離があけば奴らはすぐに興味を失うからの。しつこくないのだけは救いじゃな。それに奴らは倒したところで何も残さん。取り込んだものを全部溶かしてしまうんじゃから、当然なんじゃがの。そういうわけで、不意打ちを受けたとき以外はとにかく逃げの一手じゃ」

ああ、やっぱりドロップもない、と。なんか、地底世界のモンスターは経験的にも金銭的にもとことん美味（うま）くない連中しかいないなぁ。鉱石の入手と、それらから得られる装備の向上にはもってこいなんだけどさ。

まあ、スライムがアイテムドロップして、『～だった物』とかいうホラー感たっぷりな名前のものだったりしても困る。ホラーは苦手なんだよ……個人的な意見で申し訳ないが、怖い思いなんかリアルでたっぷりできるだろうに、わざわざＶＲでもそうしたいって考えにはついていけない。

「そうなりますと、常時一定量の油を持ち運ぶ必要がありますね……」

自分には今までずっとお世話になってきた【強化オイル】があるけど、それとは別に余分に油を持っておいたほうがいいかもしれない。備えておけば何とかなるが、備えがないといざというときに困る事になるってのは、今までさんざん味わってきた。

「荷物は重くなるじゃろうが、それがええ。スライムに纏わりつかれてしまっても、火傷（やけど）覚悟で焼けば引きはがせる。その後でポーションを飲むなり治癒魔法を受けるなりすればよいのじゃ。幸いここでは油が比較的安く容易に手に入るからの」

そうなのか。じゃあこの後はお店に行って確認しておくか。買う量は値段次第だな。

「色々とありがとうございます、スライムの特性を知らずに手を出していたら大変な事になっていました」

自分が頭を下げてお礼を言うと、ドワーフのお爺さんも「また知りたい事が出来たら気軽に来るとええ、知っている範囲で教えるぞ」とのお言葉をくれた。

そのときはまたお世話になります、と伝えて、自分はお爺さんの家を後にした。

ログアウトする前に道具屋に寄ってみると、確かに地上より油の値段は安かった。なのでスライム対策としてとりあえず二〇リットルほど買っておいた。【強化オイル】の材料にしてもいいし、腐る事はないから。

4

(黒スライムがいまいち分からん……魔法の火は纏って突撃してくるのに、油で燃やした火には弱いってどういう事だよ)

職場での昼休みにもこんな疑問に頭を悩ませつつ、仕事を終えて帰宅。もろもろの用事を済ませて、今日も「ワンモア」へとログインする。

街を行き交うドワーフの皆さんと軽く挨拶を交わした後、今日も魔王様の遺体を捜しに出かける。今日もアクアの走りは軽快だ。

「あ、アクア。前方に命を収穫する者が数匹いる。適当にブッ飛ばす？」

「ぴゅい」

今となっては時々出てくるお邪魔キャラに成り下がってしまった命を収穫する者達を、アクアが体当たりでボーリングのピンのように吹き飛ばしたところへ、自分が矢を放って片付ける。

アーツ《風塵の矢》だけで事足りてしまうんだよなぁ……アクアのタックルの威力が非常に高いってのもあるけれど、以前ダンジョンマスターに貰った矢筒の効果で《風塵の矢》の威力が上がっている。さすがに上位種が出てきた場合はこんな簡単にはいかないが、あいつら全然出てこないんだよな。

（マップの埋まり具合は上々、と。一応念を入れてここも全部埋めるつもりではあるが、この様子じゃこの周囲にも、特にこれといったものはなさそうなんだよなぁ）

前進はしているんだろうけど、それを感じられないのは辛いところだな。勉強でも運動でもそうだ、成果が見られない時期ってのは辛い。特に勉強はなぁ……それで飽きてしまい、面白くなーい、となって成績が落ちて、更に内容が分からなくなるから面白くなーい、という悪循環に陥ってしまう。

そして親は子供がそんな悪循環に陥っているのに気がつかず、ただ「勉強しなさい！」と言うから余計悪化する。勉強したくたって、どうやって勉強をすればいいのかが分からんからつまらなくてやらないというのに、とどめを刺してるんだよねえ。

という風に思考が思いっきり横道にそれたところで、また《危険察知》で未確認の存在を捉えた。今度はなんだろ。

とにかくある程度接近してみる。新規モンスターには一回会っておかないと、《危険察知》さんのお仕事がスムーズにいかないからね。

近くまで来たらアクアから降りて、そーっと近寄っていく。するとそこには、赤スライム達に追い立てられている白スライム達の姿があった。なんだ？　縄張り争いでもしているのかこいつら？

でも、話が通じる可能性のある白いスライムと出会えたのは運が良いのかもしれない。もしかしたら、彼らは人の知らない情報を持っている可能性がある。

なので、赤スライムに恨みはないが――白スライムとの間にオイル入りの瓶を投げてから、【強化オイル】をぶん投げて豪快に着火！　これで赤スライムは炎の壁に邪魔されて、逃げていく白スライムを追う事ができないだろう。

そうして赤スライムが追う事を諦める姿を確認してから、白スライムが逃げた方向に移動を開始。小走りで二分ぐらいの先に、白スライム達は集まっていた。

自分がゆっくりと近寄ると、彼らは予想していなかった行動に出た。

一定の間をあけて整列すると、体を変形させて『ありがとう　かんしゃ』という平仮名を形作ったのだ。もしかして、話が通じるってこういう事なのか⁉　スライムでも喋れるのかな、もしくはドラゴンみたいに念話ができるのか？と予想していたんだが……と、とにかく、第一印象は良さそうだから、色々聞いてみるか。

「あーうん、なんで君達は赤いスライムに追われていたのかな？」

この質問に対し、白スライム達からは『かれら　おなかへってた　ぼくたち　たべようとしてた』との返答。

ああ、そういう事だったのか。というか、スライムがスライムを食うのか……自分がそんな事を考えていたら、白スライム達がまた動いて『ぼくたち　くうきのなかにある　えいようをとればいいから　しょくじのひつようない』『ほかのすらいむ　それできない　だからたまに　ぼくたちねらう』との説明が。そうなのか、大変だなぁ。

「更に質問なんだけど、君達もやろうと思えば、他のスライムを取り込む事ができるのかな？」

これには、『むり　できない』とのお返事。その理由は『ぼくたち　しょうしょく』だそうで。少食なのか、この子達は。

更に、

『とりこむちから　ぼくたちいちばんよわい』

『だから　ぼくたちがさきにとりこまれておわる』

『ほかのすらいむみたら　にげるゆうせん』

『たたかい　やばん　やりたくない』

などと次々に体を変化させて文字にしながら教えてくれる。

なるほどねえ、それじゃ対抗できんわな。彼らがとれる方法は逃げの一手しかないわけで……あ、だから白スライムとは出会いにくいのか。いつも逃げ切れるわけではないのだろうし。

「他のスライム達は、こんな風に会話できないよね？」

これも一応聞いておく事にした。

まあ、これには予想通り、

『できない　きたいするだけむだ』

『ぼくたちのほうが　とくしゅ』

とのお返事でしたけど。まあそうだろうね。

白スライムが器用かつ敵対的ではないから、こんなやり方が成立するんだろう。

なんて事を考えていたのがばれたのか、白スライム側から説明があった。

『ぼくたち　ふくすうで　ひとつ』

『ここにいるの　じゅうすうひきにみえるだろうけど　じつはさんびき』

『ぼくたち　ときどきとうごうして　ちしきわけあう　ほかのすらいむ　そんなことしない』

それでか……

（特殊すぎるにも程がある。でも、統合して知識を分け合うっていう点は期待できるな。もしかすると、もしかするかもしれない）

なので、本命の質問をする事にした。彼らが知らないのであれば、またしらみつぶし作業を続行するだけだが、もし知っているのであれば大きく時間が短縮できる。

「じゃあ、もう一つ質問。ずーっと昔、この地底世界に一人の魔族の王様が落ちてきて、その王様が金属に姿を変えたって話を聞いて、自分はそれを捜しているんだ。なんでもいい、その事について何か知らないかな？」

期待を込めて聞いてみたところ、その結果は――

『しっている　あれは　ずっとむかし』

『でも　きけん　あそびでちかよれば　みのはめつ』

『きんぞくになっても　いっぺんのいしがやどっている　えらばれなければ　しぬ』

『ばしょは　ここの　ちかくじゃない』

『どわーふたちが　いう　おりはるこんのまち』

『そのまちのさきに　それはねむっている　そしてせいめいたいがちかよると　めをさます』

『そしてとおざける　むしてちかよると　といかける』

『そのといにこたえられないと　ころされる　どうやってころしているのかは　わからない』

との返答。白スライム達は魔王様の遺体のある場所を知っていた！

「オリハルコンの街、その近くのどこか。それが分かっただけでもありがたい。すぐに向かわないと」

気になる情報もあるな、問いに答えられないと殺される、ってのはどういう事だろうか？　そして、殺され方が分からないときたもんだ。

それでも向かわなければ、目的が果たせない。出た所勝負だが、そのうちやってくる戦いに備えるためには避けて通れない道だ。

「ありがとう、自分が行くべき場所が分かった。感謝するよ」

自分の言葉に白スライム達からは、

『ぼくたちこそ　ありがとう』

『あそこでたすけてもらえなければ　たべられてた』

『ちしきがたいかになったなら　ぼくたちもうれしい』

との反応。それだけじゃなく、白スライムの一匹が、蒼く輝く石を吐き出した。なんだろうと

思っていると、

『これ　もっていって』

『ぼくたちと　たいわするひとのあかし』

『これをみせれば　むこうのしろすらいむから　もっとくわしいはなし　きけるはず』

と説明してくれた。そういう事ならありがたく受け取ろう。

べたついているんじゃないかと思ったがそんな事はなく、普通に摘まめた。顔を近づけてじっくり見てみると、大きさが長径が三センチぐらいの、楕円形をした宝石みたいだ。

有益すぎる情報をもたらしてくれた白スライム達と別れ、アクアに全力で街の近くまで走ってもらった。

それからちびアクアと共にドワーフの皆さんにお別れを告げた後に、蒸気トロッコに乗って一路ミスリルの街へ。ミスリルの街はかなりの大都市であったが、観光云々は全てスルーしてオリハルコンの街に通じる蒸気トロッコに乗る。

ちなみに、この蒸気トロッコは有料だった。まあ片道三〇〇〇グローなので、支払いに悩むようなお値段ではない。

この日はオリハルコンの街にある宿屋でログアウト。時間も押していたし、街の周囲にテントを張るためには許可を貰わなければいけない。なので今日のところはこうするのが一番スムーズだったのだ。

明日は、適当な街まで蒸気トロッコで移動した後に、現地の白スライムと対話だな。上手く見つかればよいのだが……

《危険察知》先生にも白スライムの登録は済んだし、やるべき事はやった。あとは明日だ。

◆　◆　◆

翌日ログインし、オリハルコンの街から伸びている蒸気トロッコに乗るべく駅へと向かう。ミスリルの街にあった駅もそうだったが、オリハルコンの街にある駅もかなりデカい。

さすがに東京駅とか上野駅ほどのレベルではないが……そうだな、大きさは東京駅の三分の二ぐらいだろうか。ただし利用客のほうは比較にならない少なさなので、かなりスカスカな感じがする。

このオリハルコンの駅には、他の大都に行くものとは別に鉱脈に行くための支線があって、それは七つの駅に区切られているようだ。なので、とりあえず中間点の四つ目の駅で降りて、その街の周辺に白スライムがいるかどうかを確認するつもりだ。

見つける事さえできれば、昨日譲ってもらった蒼い宝石みたいな奴を見せれば対話に応じてもらえるはず。そして彼らから情報を得られれば、いよいよ魔王様の遺体とご対面できる。さっさと済ませて、この地底世界でしかできない事を推し進めたい。

鍛冶技術を磨いて、新しい弓を作りたいのだ。あと、各種装備のバージョンアップを図れればなおいい。

蒸気トロッコに乗り、四つ目の駅に到着するまでのんびりと揺られる。

この路線の近くで作られている作物は、ミスリル方面とは違ってジャガイモや人参といった根菜類がメインのようだ。小麦などは一切見かけない。土壌の関係だろうか？　農業スキルを持っていないから、詳しい事は分からないのだが。

農業と言えば、薬草の栽培に関して進展があったとかってニュースが掲示板に上がっていたな。以前のやつは効能が天然物の五割ぐらいだったが、今度のは七割を超えてきたとか何とか。その分栽培が難しくて量も取れないためにお値段が上がるが、効果の高いポーションを作れるようになったのは大きな進歩だと歓迎されていた。

ポーションを飲み過ぎると中毒症状を引き起こすからな、使用量が少なくて済むよう質のいいポーションを用意しておくのは、冒険の基本だ。

農業関連の掲示板をちょいちょい覗いているうちに、目的の四駅目に到着した。降車して街に入り、まとめ役のドワーフと話をして、街の周囲にテントを張る許可を貰うというといういつもの流れで、やるべき事をやってから行動開始。

だが、頭に乗ってもらっているちびアクアを下ろすわけにはいかない。なぜなら、この街にはかなりのプレイヤーがいるためだ。ここで本来の姿に戻したら、ピカーシャがなぜここにいるんだって大騒ぎになる。

（えーっと確か、この街の周辺で新しいミスリルの鉱脈が発見されたんだっけか？　で、ドワーフ達と協力して掘り進めるプレイヤーがそれなりにいるって状況になってたはず。その鉱脈があるのとは違う方向に向かって、人の目がなくなるまでは徒歩で移動するしかない）

仕事の昼休み中に仕入れておいた掲示板情報では、確かそうなっていたはずだ。人員募集がかかるレベルの大規模鉱脈らしく、参加した人は給金に加えてミスリル鉱石も支給されるため、鍛冶スキル持ちが多くやってきているんじゃないだろうか。

ミスリルの研究は急ピッチで進んでいるらしく、ミスリルを用いた武具の生産に関する情報については鍛冶関連の掲示板でのやり取りが盛んだ。もちろん最終的な生産方法、設計図の作成は自分自身で行わなければならないが、そこに到達するまでの途中経過はある程度参考にできるらしく、教え合いも発生している。

どうやったら自分なりの強い武具を作れるか。そのための試行錯誤を繰り返すのが鍛冶プレイヤーの醍醐味（だいごみ）なのだが、ミスリルは色々な金属の常識を無視、超越する面が多いらしく、研究が楽しいという意見をちらほら見かけた。

熱中しすぎて、時間の感覚が狂う人も大勢いるようで……休息はちゃんと取ってほしいと個人的には思う。

そんな鉱脈に向かっていると思われる人々と十分に距離を取ったところで、元のサイズに戻ったアクアの背に乗って爆走を開始。

あとはひたすら走り回ってもらって、《危険察知》先生が白スライムの反応を捉えてくれるのを待つのみ——なんだか、自分が思いっきりサボっているだけのような気がしてくるんですけど。

……うん、そんな風に見えるというか感じるというか、そういった感情はまとめてポイして忘れてしまおう。

そうして走ってもらう事三〇分。黄スライムや命を収穫する者はちょこちょこ見かけたが、白スライムの反応は見つからない。スライムは無視して、命を収穫する者は進行方向にいる奴らだけ適当に処理する。

ドワーフの街を目指している様子もなかったので、倒すのは適当でいいだろうと判断。アクアの足ができるだけ止まらないように、アクアに轢いてもらって瀕死になった奴を自分が射殺して駆け抜けた。

しぶとく生き残って自分達を追いかけ、トレイン状態になった奴らは、アクアの水魔法と自分の矢の餌食になってお終い。むしろまっすぐ並ぶ形になっていたので、アクアの直線状に薙ぎ払う範囲水魔法の格好の的になっていた。

そこから更に生き残っても、自分の矢が飛んでいって絶命させるだけの簡単なお仕事だった。こんな倒し方をしていると、銃やらなんやらで必死にブッ飛ばす必要があるドワーフの皆さんになんだか申し訳なくなるなぁ。

そのうち、アクアが少し疲れたそうなので、休息をとるついでに食事と水分補給も行ってひと息つく。

やっぱりそう簡単に白スライムとは遭遇できないか……捕食される側のようだし、もしかしたら自分の《危険察知》よりも早くこちらの存在に気がついて、身を潜めてしまっているから見つからないという可能性もある。《危険察知》は優秀なスキルだが、効果的に相反する隠蔽系統のスキルのレベルが高い存在は見つけにくいという一面がある。この辺はまあ、スキルがあるゲームのお約束だろう。

「アクア、ここに来るまでに、何かを感じたり見かけたりしなかったか？」

「ぴゅい」

自分の問いかけに、首を横に振るアクア。アクアにも自分にも感じられないって事は、本当に何もなかったと判断するしかないか。

白スライム側から寄ってきてくれれば話は早いんだが、そんなうまい話はないだろう。黄金線のほうで会話ができた白スライムだって、こっちが助けたから対話に応じてくれたんだろうし。

かといって、白スライム以外にあの蒼い楕円形の石を見せたくない。下手に見せて歩いていたら、余計なトラブルを呼び込みそうで怖いのだ。

（やはり地道に足で稼ぐしかないか。ここには今日来たばかりなんだし、そうポンポンと事は進まないのが普通なんだ。それに、魔王様の遺体には一種の防衛能力もあるようだからな……のんびりはできないが、そう簡単に誰かに持ち去られて行方が知れなくなるなんて事はないだろう、と願いたい。この辺りのどこかにあるって事が分かっているだけでも、儲けものなんだ）

そう、そんなまず誰も知らないような情報が手に入っただけでも僥倖なのだと考え直して、深呼吸を一つ。足にしたって、爆走してくれるアクアがいるのだから恵まれている。そう考えれば、探索は上手くいってるほうなのだと思える余裕も出てくる。

そのとき、《危険察知》に反応があった。

（ん？　また正体不明の反応？　数は四つか。もしかすると、この反応は黒スライムか？　どのみち正体不明は直に見て《危険察知》に登録しておくべきだから、行かないという選択肢はないな）

アクアに、そろそろいいか？と確認を取ると、ぴゅいと頷きながら鳴いたので、再び背中に乗せてもらう。

それから向かってほしい方向をアクアに告げ、できるだけ音を立てないようにしながら、《危険察知》が示した反応のほうへややゆっくりと向かう。

十分に距離が詰まったところで、アクアに小さくなって自分の頭上へ乗ってもらう。そこからは更にそろりそろりと慎重に歩いて、岩陰に身を隠しながらそーっと覗き込む。そうして目に入ったのは……四つの金属の球体だった。

(スライムじゃなかったか。でも、それ以上におかしなものを見つけたな。テカり具合からして金属なのは間違いないんだろうけど……あのメタリックな輝きからすると、人工物か？　それに、《危険察知》はあれをモンスターとして認識している。これは、変にちょっかいをかけないほうがいい。今日はここで引きあげて、ドワーフにあの金属球の情報がないかどうか聞いてみよう。万が一危険極まりない奴だった場合は、ドワーフと協力して倒しに来ればいい。この地底世界は地上より厄介な奴が多いから、慎重なくらいで丁度いいはずだ)

その場から静かに立ち去り、距離を取ってから再びアクアの背に乗って、ドワーフの街まで帰還。

ちなみに《危険察知》は先程の球体を『有翼人の遺産』と記していた。

有翼人ね……【真同化】の世界で見たアイツのせいで良いイメージが全くないんだが……とにかく、あの存在の事をドワーフに伝えて、情報を得なくては。

5

「なんだと⁉　それは本当か‼」

この街のまとめ役ドワーフに、見つけた球体の事を報告すると、そんな大声が返ってきた。報告する前は、「おおどうした、何かあったのか？」と穏やかだったのに。

「もう一度だけ確認する、変に銀色に光っていた球体が、この場所に四つあった。間違いないか⁉」

地図を広げてその場所を指し示しながら、再確認してくるまとめ役ドワーフ。報告する前の穏やかさと、報告後のこの表情の豹変についていけてなかった自分だが、何とか「はい、間違いなくその辺りで見ました」と返答する。

ここまで態度が豹変するとは、一体あの球体は何なのだ？

「なんて事だっ……おいっ！　今すぐ大都に連絡を飛ばせ！　それから街の戦える面子(メンツ)を緊急招集だ！　この命令は最優先事項だ、反論は許さん！　もたもたしていると、この街が戦場になるどころか滅ぶぞ！　もたもたするなぁ！　警鐘を鳴らせ！　戦えない奴らには今すぐ避難を呼びかけろ！　時間との戦いだ！」

まとめ役ドワーフが発する怒鳴り声に、近くにいた他のドワーフ達が飛び上がるかのような勢いで部屋の外に出ていく。この時点でとんでもない大事(おおごと)だってのはさすがに分かるが……これから何が起きるんだ。

「球体の存在を教えてくれたあんたにも伝えておく……この街の近くで戦争が起きるぞ……！　戦いに自信がないならすぐに避難してくれ。もし戦えるなら手を貸してくれ……すぐに、命を収穫する者の軍勢がここにやってくる！　あの球体はワシらドワーフにとって、死を呼び込む不吉の象徴！　ワシらには、あの球体から生まれる大量の命を収穫する者の軍勢に、多くの同胞がやられてきたという苦い歴史がある。しかも今回は四つ……最上級のジェネラルは生まれないだろうが、間違いなく上位種とナイトは多数生まれる！　苦しい一日になりそうだ……！」

そう説明してくれたまとめ役ドワーフは直立したまま、歯を食いしばっている。握りしめた両手からは、込めた力があまりに強すぎたためか血がぽたりぽたりと零(こぼ)れ落ちている。

つまりあの球体は、命を収穫する者を生み出す一種の工場みたいなものなんだろう。

とにかく、ここに突っ立っていてもしょうがない。まとめ役ドワーフに、自分も参戦の意思がある事をドワーフの皆さんに伝えてきますと断りを入れ、その場を後にする。

そうして外に出ると、街は大騒ぎになっていた。蒸気トロッコ乗り場に殺到するドワーフ、鎧を着込んで街の外に向かうドワーフ、何でこんな事になったんだと嘆くドワーフ……そして、目の前にいるプレイヤーの一団は、まだ状況を掴み切れていない様子だ。

「あ、そこの黒い外套を着た人！　これは一体何の騒ぎなんだ!?」

と、向こうも自分に気がついたようで声をかけてきた。なので、この街にもうすぐ命を収穫する者の大軍勢がやってくる事を教えておく。

「そんなわけで、戦いに自信がないなら蒸気トロッコに乗って他の街に避難、戦えるなら防衛に加わってくれって話だな。自分はこれから参戦する意思を伝えるところだったんだ」

状況を把握したプレイヤー一団が、今の情報をこの街にいる他のプレイヤーにも教えて構わないか？と尋ねてきたので、自分はすぐに頷く。むしろ隠してちゃいけない情報だし。

で、こんなやり取りの後……プレイヤー達の間で意思疎通が行われ、避難するか戦うか、それぞれの意思を決定した。

この街にいたプレイヤーは約一〇〇人。そのうち二割が完全職人プレイヤーで、彼らは避難する。残りの八割は一定以上の戦闘能力持ちだったので、防衛に参加する形となった。

「で、ドワーフ達に参戦する意思を伝えるなら、ばらばらに行くよりも固まって行ったほうが面倒がなくていいって話になったんだが……あんたもそれで構わないか？」

そうだな、それがいいだろう。なので自分は「了解、同行するよ」と伝える。

そうして集合場所に行くと、すでに多くのプレイヤーが来ており、それから程なくして参戦するプレイヤー全員が集結した。

「よし、これから俺達は、ドワーフと協力してこの街を防衛する！　申し訳ないが、一時的なまとめ役として、ギルド『スカーレッド』の副ギルマスであるこのルビナスが仕切らせてもらう。これは自分が上に立つという主張ではなく、あくまでまとまって行動するための措置だ。文句がある人がいるかもしれないが、各自バラバラに動いては防衛は成り立たないから、どうか我慢してほしい！　あくまでこの防衛戦の間だけだ！」

紅い三角帽にこれまた赤いローブを身に纏い、尖端に赤い宝石が飾られた杖を持った男性プレイヤーが、一段高い所に立ってこの場に集まったプレイヤーにこう語りかけた。

『スカーレッド』というギルドは初耳だが、まあそこは別にいい。彼の言う通り、バラバラに動くよりはまとまって行動したほうが良いだろう。あくまで臨時で指揮官という形をとるだけの話だ。

皆それを理解したようで、ルビナスの言葉に反論するプレイヤーは現れなかった。

「反論が出ないという事で、了承してもらったと判断する！　すでに、ここに集まったプレイヤー七六名が防衛戦に参加する意思がある事は、今回の指揮を執るドワーフに伝達してある。こちらはその指揮下に入り、下される指示に従って戦闘する事になる。では、早速移動しよう！」

ルビナスの後に他のプレイヤーが追従する形で移動を開始。そのままドワーフ達との顔合わせも済ませて、各自配置につく。

プレイヤーの配置はいわゆる中衛だ。前衛はハンマーなどを持つドワーフ達が、後衛は例によって大砲などを持つドワーフ達が務める。プレイヤーは前衛ドワーフの支援をしながら、戦線を維持する事が仕事となる。

陣形は、最初は鶴翼(かくよく)の陣――鳥が大きく翼を広げたような形をとる。といっても、陣形本来の包み込んで殲滅(せんめつ)するという目的のためではなく、後衛ドワーフ達が放つ大砲などの射線を塞がないためだ。

そしてある程度接近されたら、今度は車懸(くるまがか)りの陣に移行する。どんな強靭な戦士でも、戦い続ければ疲労が溜まるし判断力も落ちる。だから、陣そのものを一定時間で車輪のように回し、戦う場所とひと息入れる場所を入れ替えるようにする陣だ。

車輪の軸となる部分に総指揮官のドワーフとその護衛がいて、軸の中央に近い部分にプレイヤー、外側に接近戦を行うドワーフが配置される。後衛ドワーフは、陣が入れ替わる際の隙を潰す役を務める。

「今回の戦いは陣がよく入れ替わるから、よく指示を聞いてほしい！　まだ行けると思っても、陣の移行指示が来たら欲張らず必ず従ってくれ！」

ルビナスの言葉に頷くプレイヤー。そうだ、今回の陣を移動させるやり方は、指揮官の指示を無視したら成り立たない。

と、最後の打ち合わせをしている最中に報告が飛んできた。

「報告！　大都からの援軍が到着しました！　今回の戦法はすでに伝達してありますので、すぐに陣へと加わっていただきます！」

お、援軍か。これで陣の厚みがぐっと増した。しかし来るのが早かったな。鎧を着るのだって時間がかかるし、武器の準備やら道具の配備やらも考えたら、本来はもっと時間がかかると思う。きっとこういう事態を想定して常備軍が一定数いるんだろうな。

まあ、何にせよ陣の厚みが増すのはありがたい。数は力なのだから。

「来たぞ、連中だ！　基本形に上位種、そしてナイトも複数確認！　戦闘態勢を取れ！」

到着した援軍が陣に組み込まれてから、三分ぐらい後。見張り役からそんな声が聞こえてきた。自分も〈百里眼〉で、迫りくる命を収穫する者達の姿を捉えていた。以前、別の街にいたときに襲い掛かってきた連中とは違い、軍隊のように整列しながらこちらに近寄ってきている。

ただ……おそらくナイトと呼ばれる個体なんだろうが——そいつらの姿がちょっと異様だった。鎧姿に馬上槍、腰にはロングソード。ここまでは何もおかしくない。しかし、そいつらが乗っている馬に該当する物がおかしいのだ。上半身は確かに人を模しているんだが、下半身は……三輪バイクになっているのだ。それも、前に二つ、後ろに一つの車輪があるタイプだ。

(——どう考えても地上の技術じゃない。もちろんこの地底世界の技術でもないだろう。つまり、だ。《危険察知》が教えてくれた名前の通り、これは有翼人達の技術だろう。そしてここにこんな物を送り込んでくる理由は、未だに人の命を賭け事の玩具にしている以外に思い当たらない。つまり、【真同化】の過去からかなりの時間が経った今でも、有翼人が改心している可能性はゼロと言っていいぐらいに低いってわけだ)

自分の考えに反応したのか、【真同化】から苛立ち、怒り、憎しみみたいなものを感じる。この剣に眠っている霜点(そうてん)さんや皐月(さつき)さんの魂が反応したのかもしれない。

ああ、分かっているよ。やらせないよ、あんな奴らにドワーフ達を。

だから、頼むぞ。

そう、自分は【真同化】に小声で語りかけた。

さあ、防衛戦だ。ここから先には絶対に通さない。

さて、気合を入れたのはいいが……あの有翼人の事を考えると、むやみやたらとこちらの手の内を見せたくないのが本音だ。手の内を知られれば、それだけ対策を練られてしまう。地力がかなり低い自分としては、連中と対峙するまでこちらの情報を一つでも多く隠し通すのが大事だ。

というのも、この戦いが賭けの対象として仕込まれたものであるなら、何らかの方法でそれなりの数の有翼人がこの場所を見ているはずなのだ。あれほど性根が腐った連中だ、こちらが苦しむ姿を見るのも余興の一つだと言い放っても驚きはしない。

それに、競馬や競輪、カジノをイメージしてみればいい。ただお金を賭けて、ハイこういう結果が出たので配当はこうなります。と淡々とやられても、面白いと思う人は少ないはずだ。大体、それではイカサマを疑われる。

だから、大勢の人が見ている前で派手にやる必要がある。自分は競馬を嗜まないが、好きな人にしてみれば、騎手と馬がしのぎを削り、逃げ切るか追い込むかのデッドヒートが熱いからついついのめり込むんだそうだ。

この考えは、有翼人連中にも当てはまるはず。自分達が送り込んだ兵器と戦わせて、どのような結果が出るのか読めないからこそ賭けになる、と言える。

（――頭にくる。が、今は目の前の事に集中だ。基本的には弓を使った攻撃に徹し、あとは回復ポーションで支援するくらいに留めよう。【真同化】や、盾に仕込んだスネークソード、そして蹴りや変身は、どうしようもない状態にならない限りは使わない）

苛立ちで体温が上がったような気がするが、それをポーカーフェイスの奥に押しとどめて、少しずつ近づいてくる敵の軍勢を睨みつける。

それでも完全には抑えきれなかったようで、【蒼虎の弓】を構えた途端に隠された機構が展開。

それだけではなく、浮かび上がった縞模様からはオーラのようなものが漂い始める。それがまるで、自分の心境を代弁しているかのような感じがした。

周囲の人達は前方の敵を見ているため、それに気がついた様子はない。

「来るぞ！　銃撃部隊と砲撃部隊は攻撃を始めろ！　人族達は、接近戦になったときのために余力を残した上で火力支援を頼む！」

ドワーフの総指揮官の声とほぼ同時に、敵軍勢の後方にいた複数のナイトがこちらに槍を向けたのが見えた。その合図と共に一斉に走り寄ってくる、一般的なマネキン型の命を収穫する者達。ただ、普段と違ってその手は爪状に変化していた。あの爪に体をえぐられたら、ちょっと痛いどころでは済みそうにない。

だから、砲撃ドワーフも弓や魔法が使えるプレイヤーも、近寄ってくるマネキンに次々と弾丸の雨をプレゼントしていた。自分ももちろん【重撲の矢】を放ち、マネキン連中を破壊していく。

しかし、あまりに数が多い。おそらく同胞という考え方のないマネキン達は、ダメージを受けて動けなくなった仲間を盾にしながら確実に距離を詰めてくる。人間同士の戦いだったら嫌悪感を覚えるところだが、連中ののっぺらぼうの顔からは何も読み取れない。

「陣を移行、車懸りの陣へ！　後衛達は今のうちに砲身を冷やせ！　そして今後は陣の移行時に出来る隙をカバーするための射撃へと切り替えよ！」

距離を詰められてしまったので、ここからは近接戦闘を重視した戦いになる。

序盤の射撃である程度の数を削れたが、吹き飛んだのは主に基本タイプ。上位種であるメタリックなマネキンは大して減っていないし、更にナイト達には一発も届いていない。つまりここからが本番だ。

それを裏付けるかのように、陣の前方から激しい打ち合いの音が聞こえてくる。接敵したドワーフの前衛部隊が、迫りくるマネキン達を重量のあるハンマーで叩き潰し始めたのだ。

といっても一方的ではない……爪を突き立てられて鎧を貫かれ、出血を強いられているドワーフも多い。

「回復魔法が使える奴は前衛にかけろ！　相手が被らないよう気をつけろ！　支援魔法が使える奴もＭＰをケチるな、この陣は動くから、緊急時用のＭＰだけ維持してりゃいい！」

プレイヤーのまとめ役を担当しているルビナスの声に応えて、前衛ドワーフ達には各種回復魔法や支援魔法が、命を収穫する者達には各種弱体魔法や攻撃魔法、矢が飛んでいく。

そんなプレイヤーの支援もあって、現状では死亡したり重傷で戦えなくなったりしたドワーフは出ていない。

そうして少し経った後、ドンドーン！と太鼓を叩いたような音が聞こえてきた。

「陣を交代する！　後衛は砲撃で支援しろ！」

その掛け声と共に、今まで戦っていた部隊は横にずれ始め、その後ろから次の部隊――自分が属している部隊が前に出始める。

横にずれていく部隊に対して攻撃を続けていた命を収穫する者達に、上空から砲撃が降ってきて派手な爆発を引き起こす。後衛ドワーフ達が陣を飛び越えるように山なりに撃った曲射だろう。

その爆発で敵の動きが鈍った機を生かし、部隊は無事に交代。戦闘が再開される。

(これだけの数が一斉に迫ってくるというのは、なかなかのプレッシャーだ)

群がってくる命を収穫する者達にこちらも負けじと戦うが、マネキンが表情を一切見せずに次々と攻めてくる姿ははっきり言ってホラーだ。

それでもホラー映画とは違って、戦う仲間もいれば力もある。それに【蒼虎の弓】も普段以上に力を発揮しているようで、放たれる【重撲の矢】がうなりを上げて飛んでいき、基本形だけでなく上位種のメタリックすらも、命中した個所を一発で吹き飛ばしている。

そんな状況下で、ふと射撃の合間に〈百里眼〉を用いて敵の全体図を窺ったとき……数体いるナイトに動きがある事に自分は気がついた。奴らがボウガンを構え始めていたのだ。

(まっずい、あのボウガン……放置できない。こちらが死者を出さない事に業(ごう)を煮やして、騎馬の移動力とボウガンの殺傷能力を組み合わせた戦い方を仕掛けるつもりか?)

リアルの歴史上においてボウガンが出回ると、そのあまりの殺傷能力により、多くの犠牲者が出たという。当時の戦争では身代金を得るために敗者は生かして捕らえるという考え方が一般的であり、ボウガンだと致命傷を与えてしまうために、大きく批判されたという説もあるほど。

矢を番えた後は引き金を引くだけでいいボウガンは、それほどに強力なのである。そりゃ銃に比べれば劣るが……命を収穫する者が持つボウガンが並の威力しかないとは考えにくい。

「後方のナイトがボウガンを構え始めた！　大弓を持っている人、何とかナイトを狙撃できないか!?」

自分の大声に、何人ものプレイヤーが反応する。自分と同じく〈遠視〉系統のスキルを持っている人も複数いたようで、

「マジだ！」

「大弓はあっちを狙え！　ボウガンを破壊しねえと前衛がやばすぎるぞ！」

といった声が次々と上がる。

「大弓持ち、後方のナイトを狙え！　ボウガンを破壊するんだ！」

ルビナスの指示も飛び、大弓を持っていた数名のプレイヤーがナイトに向かって射撃を開始する。が、ナイト達は自分が狙われたと知るや、大きな盾を構えてボウガンを隠してしまった。あれでは破壊できない、が。

「大弓、そのままナイトにプレッシャーを与え続けろ！　ボウガンに矢をセットさせる余裕を与え

るな！　ボウガンで射られたら、屈強なドワーフ達といえども分が悪い！」

ルビナスに従い、大弓使いのプレイヤーは次々と矢を放ち続ける。

射程と火力がある大弓による狙撃に対処するには、さすがにナイトも大盾を構えるしかないようで、ボウガンの射撃準備をする手が止まる。ナイトの体はデカいし、馬を模したバイク（？）にも乗っているから相当に背が高い。近くに壁となるような物もないので、盾を使わざるを得ないといったところか。

何にせよ、ボウガンの使用を阻止できるならありがたい。

ナイトの妨害は、射程距離的に大弓でしかできないので、自分は再び迫ってくる命を収穫する者達を倒す方向にシフトする。

にしても、今日の【蒼虎の弓】は絶好調なんだろうか？　射撃を重ねるごとに威力が上がっているような気がしてくる。「ワンモア」では与えたダメージをいちいち数字で教えてくれたりはしないから不確かなんだけど、何となくそんな感じがする……矢を放った後の音もより大きくなってきたような。そんな事を思いつつ戦っていると、再び大きな太鼓の音が。後退の時間のようだ。

その後も戦闘は続いた。陣を維持しながら大量の命を収穫する者達と戦い続けたドワーフ&プレイヤー連合だが、数で勝る敵の猛攻によって重傷を負うドワーフ達が増えてきた。中には片腕や片足を斬り飛ばされるほどの被害も出ており、戦えなくなったドワーフ達を後ろに下げたために、陣は徐々にだが確実に薄くなり始めていた。

だが、残されたドワーフとプレイヤーも果敢に応戦。その結果、相手の総数の八割ほどを葬っていた――だというのに、命を収穫する者達はそれでもただただ前に進み続けており、一体たりとも撤退しない。

また、さすがにここまで兵数が減っては後ろで立っているだけというわけにいかなくなったナイト達が、その機動力を生かした突撃攻撃を仕掛けてくるようにもなった。このナイト達の攻撃が原因で、ドワーフ達の重傷者が量産されてしまったのだった。

ランスを構えて高速で突っ込んでくるという攻撃は、単純だが速さと威力が驚異的だ。こちらも必死にその速度を削ったり方向を狂わせたりしようと、飛び道具や魔法で攻撃しているのだが、上手くいっていない。

もっともナイト側も無傷ではないようで、すでに二体が爆散している。

(ナイトが面倒すぎる。突撃速度だけではなく、後退速度まで速いってのはおかしいだろう。倒した二体だって、腹に大穴を開けられながらも前衛ドワーフさんが体を張ってランスを掴み、ナイトの後退を遅らせてくれたからこそ攻撃を集中できて落とせたわけであって……この世界の人専用の蘇生薬のおかげで完全死亡だけは回避できたものの、このままじゃいつ死者が出るか)

ナイトはあと四体残っている。基本形と上位種は大幅に数を減らしたが、その分こちらもダメージを負ったり消耗していたりで、戦闘できる力を残した面子は限られている。そして戦場にいる面子が減ったという事は、機動力が生きる状態になったとも言え、だからナイト達が動き出したのかもしれない。

そのナイトの突撃によって陣が揺さぶられ、その隙をついて基本形と上位種のマネキン共がこちらの心臓や首を目がけてクリティカル狙いの攻撃をしてくる状況は、精神力を容赦なく削っていく。ここからどう転がってもおかしくない。

「辛いのは分かる、だがここで我らが崩れれば街は間違いなく蹂躙される！　もうひと息、耐えるのだ！」

そんな声が聞こえてくるが、前衛ドワーフ達の体力はもうほぼ尽きている。いくら戦闘の合間にひと呼吸できる車懸りの陣といえども、長時間戦えば疲労の蓄積は避けられない。戦闘開始直後と比べてハンマーを振るう速度がガタ落ちだし、動きにも冴えがない。もはや気力だけで戦っているのは明白だ。それでも引く事ができない戦いだからこそ、彼らは必死でハンマーを振るう。

無論、プレイヤーにもそんなドワーフ達と共に最前線に出て戦う猛者が何人もいる。しかし、それでも命を惜しむ事のない命を収穫する者達の前に、苦戦を強いられていた。

だが、そうして耐えていたドワーフ&プレイヤー連合が、ついに報われる時が来た。

「伝令っ！　アイアン都から追加の援軍が到着しました！　今戦っている皆様は援軍と入れ替わる形で下がってください！」

この声で、自分を含め戦っている全員に活力が戻った。

少し前から押され気味だった状況からやや押し返し、自分もここが踏ん張りどころとばかりに矢を放ちまくった。

そして待望の交代。「あとは俺達に任せろ！」という心強い声と共に、援軍としてやってきたドワーフ達が前線に出てきてくれたおかげで、自分もようやく腰を下ろして休める時間が手に入った。

前線から十分に距離を取った後は、皆崩れ落ちるように地面に転がるか座り込む……とにかく、立っていられる人は誰もいなかった。

「生きてるか？」

「ああ、何とか……だがよ」

「おい、その腕の怪我！」

「う、うん？　この怪我で腕が上手く動かなくなっちまってたんか……ダメだ、手が震えて包帯を巻く事すらできねえ」

「手当てが必要な奴は言え！　物資はアイアン都からたっぷり持ってきた！」

生きている事を確認し合う声、戦闘中は興奮で気がつかなかった怪我の痛みに呻く声、そんな人を治療するために走り回る衛生兵の掛け声、あちこちから色々な声が聞こえてきていた。だが、誰も死んではいない。それだけでも上等ではなかろうか。

鎧を脱がされ、薬を投与され、包帯を巻かれるドワーフが多数いて、この場は野戦病院そのもののような雰囲気になってきた。

「兄ちゃんは大丈夫か⁉　手当ては要るか⁉」

「大丈夫です、戦い続けた疲れだけですので、薬や手当ては必要ありません」

自分は声をかけてきた衛生兵ドワーフにそう返し、手当てが必要な他の者のところに向かってもらう。

今の自分の状態としては、ＭＰ回復ポーションの多量摂取によるポーション中毒一歩手前の倦怠感と、長時間戦闘を続けた事による精神的疲労のみ。つまり座って休んでいれば徐々に回復するレベルであり、特別な手当ては必要ない。ＨＰにダメージが一切ないのは、前衛で戦ってくれたドワーフ&プレイヤーのおかげである。

そうして休息をとり続け、自分が不調から脱した頃になって、戦場から「敵を殲滅した！　我らの勝利だ！」という声が聞こえてきた。

そうか、勝ったか。これで街は無事護られた。前衛を務めたドワーフ達の中には、引退せざるを得ないレベルの大きな怪我をした者が多数いたが、今回は死者ゼロという形で終わったようだ。

その後、全員が休息をとって街に引きあげ、この日はログアウトした。

この戦いへの参加報酬は、明日、ドワーフから指定された場所にプレイヤー全員が集まって受け取る事になっている。

しかし、この戦いだけで終わりって事はないんだろうな……

――その頃、ある場所で

「決着決着ぅっ！　今回は何と大穴も大穴、ドワーフの死者がゼロという結果だ！　倍率一二七四倍の大穴が出たよっ！」

取り仕切っていた男の発表に、あちこちから絶叫やら怨嗟の声が次々と湧き起こる。

「ちくしょーっ！」

「こんな大穴ありかよ！」

「大穴すぎんだろ！　でも的中者ゼロの払い戻しがされねえって事は、賭けた奴がいるって事だよな？」

そんな中、プルプルと体を震わせる一人の女。そして突如顔を上げ――

「きたー！　来たわ来たわ来たわよ、私に運が向いてきたわーっ！」

ガッツポーズを取り、右足をはしたなく机の上に乗せながらそんな事を叫んだ。

当然、その女に周囲の目が集まる。そしてその発言内容から考えれば、なぜそんな事をしたのかは簡単に想像がつき……周囲にいる者全てが一気に声を張り上げる。

「てめーかよ、この大穴女！　今回も賭けてやがったのか！」

「まじかよ、アイツが来てたのかよっ！　大穴にしか賭けねえ変な女だって噂だったが、よりによって何でこんなときに引き当てやがるんだ！」

「サイテー！　もう最悪だわ……」

「こんな大穴、あの女しか狙わねーよなぁ」

そんな大勢の恨み辛みの籠った声を浴びせられても、女はガッツポーズをやめない。むしろ、もっと罵声でもなんでも浴びせなさいよこの負け犬共が！　ああ気持ちいい！　と言わんばかりに良い笑みを浮かべていた。

その笑顔には、ドワーフ達の命を玩具にした事への罪悪感など、欠片も浮かんでいなかった。

6

翌日、ドワーフと共同戦線を張って街を守った七六名のプレイヤーが集まった。この街のまとめ役ドワーフから感謝の言葉を頂いた後に、各自報酬を受け取って順次解散する流れとなっている。

自分は七六番目、つまり最後に報酬を頂いた。報酬の中身は四〇万グローとミスリル鉱石複数。これが多いとか少ないとかは考えない。ここで街が一つ落とされたら、ドワーフ達の恩恵に与(あずか)っているこちらに色々悪影響が出る。だから防衛するのは当然の選択だったわけで、報酬目的じゃなかった。他のプレイヤーもそうだろう。

それと、まとめ役ドワーフから話を聞いたら、この大騒ぎで白スライムは遠くに逃げただろうとの事だった。白スライム達はいつも戦わずに逃げる事を選ぶ存在だから、当然と言えば当然か。この街の周囲にはいないって事だけ確定すれば、防衛戦も終わらせたこの街に留まる理由はない。

なので蒸気トロッコに乗り、オリハルコンから出ている支線の終点まで行ってみる事にした。そこから先は、ローラー作戦しかないかな。もちろん有力な情報があれば別なのだが。

蒸気トロッコに揺られて終点まで向かう途中、自分はまとめ役ドワーフから聞いた話を頭の中で反芻(はんすう)していた。そして、半分無意識のうちにため息を大きく吐き出す。

白スライムの行方だけでなく、例の球体の事も聞いてみたのだが、そちらがまた……重い話だった。

まとめ役ドワーフ曰く――あの球体は今からずっと前、少なくとも彼らが独自に刻んできた暦(こよみ)が正式に始まる前からすでに存在していたらしい。

（ドワーフ達の命を、文字通り収穫してきた連中の歴史も長いとはな）

初めて見つけたときは、どういう物かを調べるために街へと持ち帰り、当時最高峰のドワーフ鍛冶屋や研究者が集まり、あれこれと調べた。そして……その最中に突如、球体が命を収穫する者達を生産開始。そこからはあっという間に、調査用に用意されていた施設の中は鮮血で紅(くれない)に染まった。

それだけでは済まず、鍛冶屋や研究者を相手に商売していた周囲の店に勤めていた者達も次々と襲撃を受け、大勢が命を失った。

命からがら逃げ延びたごく僅かな生存者が、王城（当時のドワーフは王制を敷いていた）にこの一件を報告。

これを聞いたドワーフの王は、例の球体とそこから生まれる存在を最大の危険存在に指定。生き延びた研究者二人が何とか持ち帰った情報をもとに、対策を考え始めた。

そして、命を収穫する者が攻めてきたときに対抗しきれなかった場合、一か所に留まって絶滅してしまうのを防ぐべく、三人の王子にそれぞれ拠点となる大きな街を作り上げるように指示。こうして作られた拠点が、今の三大都の始まりとなった。

三大都が出来上がってからしばらく後に、王都が命を収穫する者達の標的となって壊滅。歴史の表舞台から姿を消した。

だが、前もって三大都を作っておいたおかげで、予見通りドワーフ族の絶滅は回避された。また、この王都の戦いで生き延びた者達が各街に持ち込んだ情報により、命を収穫する者への対策は大きく進み、今行われているようなハンマーと射撃による基礎戦法が確立した。

そうして、彼らの戦いは未だにこのように続いているのだと言う。

（本を絶たない限り、あれが現れる状況は変えられないんだろうな。ああ、本を絶たねばな）

ちらりと、蒸気トロッコの客車の天井を見上げる。無論、見ているのは天井ではなくその先。あの羽根持つ男のにやけた顔の幻影が目に浮かぶようだ。

ぎり、と自分の口の中から音がして我に返る。無意識に歯ぎしりをしてしまったようだ。

あのふざけた男がまだ生きているかどうかは分からんが、あいつとそう変わらない腐った性根をしている有翼人連中が今もいる事は間違いないはず。そんな奴らに相応の痛みを与えるためにも、早く魔王様の遺体を見つけなければならない。

そう決意を新たにしたところで、終点に到着した。早速街の周囲にテントを張る許可を貰い、こまごまとした準備を終えてから街の外に出る。

ただ、この街はどうも他のプレイヤーの数が多い。なのでアクアの力を借りた高速移動方法が街から相当離れないと使えない――どころではなく、各所にプレイヤーが点在しているので一切使えない状況だ。

なぜこんなにプレイヤーがいるのかの情報を得るべく、軽く掲示板に目を通す。そして、その理由は、この街の周辺に鉱脈が多くある事だと分かった。しかも、壁だけではなく地面や天井から垂れ下がっている鍾乳石の中にも、良質なミスリル鉱石がある可能性が高いとの事。

地面を掘って出来た穴の後始末はどうするんだ？と思ったが、コンクリートのような物がすでにプレイヤーの手によって開発されているらしく、それを流して穴を塞ぐらしい。そういう手段が生み出されているので、あっちでもこっちでも鍛冶屋とその護衛集団がやたらに穴掘りを行っているのである。

この状態では、アクアの正体がばれる以前に、ぶつかるのが怖くて高速で走らせられんか。とにかく、穴掘りに夢中になっている集団の邪魔はしないよう、距離を取りながら歩を進める。

（それにしても目が怖いわねえ。まあミスリルといえば、伝説になるような武具の素材として使われる事も多いのだから、仕方ないのでしょうけど）

プレイヤーが必死で穴掘りをしている姿を見てか、そんな念話が指輪の中のルエットから飛んできた。ルエットがこうして念話を飛ばしてくるのも久々な気がする。

（まあ、良い物を手に入れたい、使いたいという思いは、いつの時代も変わらないから。特に冒険者は装備を一つ変えるだけでも一気に楽になって、それが命を守る事にも繋がるから、必死になるんだよ）

ＲＰＧをはじめとするゲームで、さっきまでは必死に戦ってやっと倒せていた相手が、新しいアイテムを手にした途端、一気に楽に倒せるようになる。誰しもが覚えのある事ではないだろうか？　スライムがかわいい某大作ゲームにおける、はがねのつるぎ現象とでも呼ぼうか。

防具でも、今までなかった耐性、もしくは耐性の大幅強化によって、受けるダメージが半分や三分の一にでも減れば、これまた楽になる。そうなれば連戦に耐えられるようになって、もっとお金や素材を稼ぐ事ができるようになる。だからこそ皆、装備には大金を注ぐのだ。

（身の丈に合わない装備は逆に危ないけれど、使いこなせる装備の品質が向上すれば、その分戦いも早く済ませられるようになるわね。体を張る冒険者だからこそ、良い装備を手に入れる事に血眼になるのも無理はない、か……私が、貴方の役に立つべく常にこの身に強化を施しているのと変わらないというわけね）

ルエット、久しく出てこないと思ったらそんな事してたのか。そうなると、次に実体化したときは以前の鎧姿ではない可能性もあるんだな。ルエットはルエットで進化を続けている、か。この指輪、もう最初と比べると色々別次元になってしまっているぞ。

（それはそうよ、私も貴方の切り札の一枚なのだから。いざ出番となったときに役立たなければ、切り札の意味がないでしょう？　だから、私は私の強化を怠る暇など一秒もないわ。常に切り札にふさわしい存在であり続ける事が、私の存在意義の一つなのだから）

ありがたいんだが、正直そこまでの忠誠を尽くされるような人間じゃないんだけどなぁ、自分は。それでもそう考えてくれるのはありがたいから、素直に感謝するけども。

いざというときに頼れる切り札が一枚でもあるってのは、本当助かる。ルエットの力は海での戦いでも発揮されていたし、並のプレイヤーでは真似できないような事をあっさりとやってのけるからな。

（じゃ、また訓練に戻るわね。何かあったら遠慮なんかせずに呼んでいいのよ。話し相手になってほしいなら、それも大歓迎。気軽に声をかけなさい）

そう言い残して、念話が切れた。

常に考え、常に強化し、そして進化を繰り返す切り札ね。じゃあ、その切り札に笑われないように、自分も今やるべき事に集中しますか。

とにかく白スライムを探そう。もう少し歩けば、プレイヤー達はいなくなる。その先に白スライムがいてくれれば助かるのだが。彼らと話ができれば、魔王様の遺体捜し自体は王手となる。そこから回収できるかどうかは……やってみなければ分からん。多分大丈夫だとは思うんだが。

歩き続けてプレイヤー達の穴掘りエリアからは脱したんだが……採掘ポイントを探すプレイヤーの数は大して減りませんでした。

たまに《危険察知》が命を収穫する者を捉えるけど、そいつらは鍛冶屋プレイヤーの護衛をしているプレイヤーが袋叩きで消滅させてるので、自分が武器を振るう機会はない。安全なのは良い事なんだけど、これじゃ白スライムに出会えないよ……

（というか、人多すぎじゃないか？　地下に潜ったプレイヤーの四割ぐらいがここにいる、と言われても納得するぐらいの人数なんですが）

むしろこの状況下じゃ出てこないでほしい。他のプレイヤーが見つけて、「あ、スライム発見。狩るぜー！」みたいなノリで倒されたら取り返しがつかぬ。赤スライムとかならいいけど。

とにかく他のプレイヤーと距離を取らねば。

そして三〇分後、ようやく自分は一人になれた。もう少し距離をあけたらアクアの足を使えるから、それまでの我慢だ。

それから更に五分ほど歩き、そろそろいいかなー？と思っていたところで《危険察知》に反応。内容は……黒スライムの団体さんが同じ方向を目指して移動しているようだ。

というか、黒スライムってどこで会ったんだっけ？　記憶にないんだけど……まあいい。何を追いかけているのか確認しておこう。万が一って事がある。

——そして、その万が一でした。追いかけられているのは白スライム達だった。ようやく目的の相手を発見したけど、このまま放置していたら黒スライム集団の餌食になってしまうので、手を出すか。

偏差射撃の要領で【強化オイル】をぶん投げて黒スライム達の足を止めたところに……アイテムボックス内にずーーっと放置しておいた瓶入りのあるアイテムを、黒スライムの集団中央に目がけて複数ぶん投げた。

それは何かというと、かなーり前に獣人連合でカレーを作るついでに、遊び半分で仕込んでおいた毒ソース。

アイテムボックス内にあるアイテムは時間が経過しても変質しない——そんな常識を真正面からぶち壊し、勝手に毒同士が組み合わさって熟成（？）が進んだ結果、とあるアイテムになったのだ。その一部を投げやすい形にした瓶に入れておく。

そのアイテムの詳細は……

【昇天ソース】
食べると天にも昇るような味を感じた後、そのまま生命的な意味で天に昇っていくソース。猛毒なのだが、口に入れたときの味は一般的なパスタソースと大差ない。ただし、人によって感じる味が変わるので、集団に食べさせると明らかにおかしいとすぐにばれるのが欠点。もっとも、一定量を胃に入れた時点で手遅れなのだが……毒耐性を上げるポーションを前もって飲んでいた相手には効果が薄い。言うまでもないが、これを罪のない人に食べさせた者は犯罪者となる。ただし、そういう人の口に入りかけると、ソース自体が抜け出そうとする。
製作評価：6

まあ、大体狙った物が出来たかな？

こうなるまでにはかなり時間がかかったので、残りは慎重に使おう。量産は絶対無理。今回はあくまで実験だ。こればっかりは自分で味見するわけにはいかないし、もちろん他のプレイヤーやこっちの世界の人に食わせるわけにもいかないから。そんな事をしたらただの犯罪者だよ……ああ、でも悪党に対して、最後の晩餐（ばんさん）としてふるまうのはいいかな？

ただし、説明文にもあるように、ソース自体に一定の意思があるっぽいんだよねこれ。深く考えるとホラーゲーム世界から手招きされる羽目になるから、そこはあえて無視する。ホラーゲームは苦手です。

とにかく、このソースの有用性を確認したい。スライムにも効くのなら、大抵の相手は昇天させられるだろう。

さて、黒スライムの様子は……白スライムを追いかける事をやめて、ばら撒かれたソースの取り込みを最優先にしたようだ。直接かかったやつはそのまま、地面に零れたやつは我先にと群がって吸収していく。その雰囲気から、スライムにはあんまり効果がないのかねえと思いながら見ていたが……

最初は、直接ソースがかかった黒スライムがアクションを起こした。

そいつは突然ピタリと動きを止めたかと思うと、いきなりつららみたいな形になった。かと思えば次はペタンと板チョコみたいな形に。その後は、つらら、板チョコ、つらら……と順番に繰り返す。

その繰り返しの速度が徐々に上がってきたのを見て、自分は距離を取る。いや、ああいう動きをし始めた奴って爆発四散するイメージしか湧かないから。

そしてその予想は正しく、黒スライムは最終的につらら状態からぶるぶるぶるっと震えた後、ボズッという音と共に爆発してその身をまき散らした。それから、まき散らされた体は近くにいた他の黒スライムに降りかかり——ここに、黒スライムの花火大会が始まった。

美しさなんてものはもちろんなく、「たまやー」「かぎやー」なんて掛け声も当然ない。ただひたすら、黒スライム達が次々と破裂して散っていく。

血肉が飛び散るわけではないから見た目のグロさとかはあんまりない。ゲル状の物がはじけると き特有の、ぼしゃ、とか、ぶふっ、とかいう音が聞こえるたびに、《危険察知》のレーダーに映る黒スライムの反応の数が減っていく。そのうち自分は、黒スライム達の花火大会からそっと目を離した……うん、数が減っている事は《危険察知》で確認できるから……

そして数分後。黒スライムの集団様はこの世界から奇麗に姿を消した。

うむ、予想以上の効きだったわ。このソースの運用は、今後慎重に行おう。なんでも消化すると思われるあのスライムがあんな結末を迎えるんだから、このソースの毒は相当ヤバい。説明にあった『毒耐性ポーションを飲んだ相手には効果が薄い』なんて一文が全然信用できないんですが。結局最後には昇天するが、むしろ苦しむ時間が伸びるだけじゃあないか？と思えてくる。と、とにかくこれで白スライムを守る事はできた。

さて、逃げていた白スライムは……うん、移動をやめて様子を窺っている。

急いで近寄ると、警戒されて逃げ出される可能性が高い。せっかく出会えたのに、ここで逃げられてもう一度探さなきゃいけないなんて展開は勘弁願いたい。ファーストコンタクトはとっても大事。

ゆっくりと近寄り、目視できる距離になったところで、以前出会った白スライムから貰った宝石を取り出して、はっきり見えるように自分の目線辺りの高さまで掲げると、効果は抜群。白スライム側から近寄ってきてくれた。逆に言うと、この宝石がなかったらコンタクトは難しかったかもな。

『さっきのほのおはあなた？』

この白スライムの質問に「そうだ、こちらの道具で火を発生させて黒スライムを止めた」と返せば、いくつもの感謝の言葉を白スライムが伝えてくる。その後、追われていた状況などを聞いたりしてから、いよいよ本命の質問だ。

魔王様の遺体はどこにあるのか……そう聞いてみたら、白スライム達の雰囲気が変わった。

『おすすめしない』

『ばしょはしってるけど　かかわらないほうがいい』

『しぬ　あれにちかよったひとはすべておなじけつまつ』

との事。しかし、今回はおいそれと引き下がるわけにはいかない。何としてでも、魔王様の遺体と対面しなきゃいけない。そうしなければあの有翼人達との戦いに勝ち目がないのだから。

そういう事情を白スライム達に伝えると、そういう事ならと場所を教えてくれた。最後まで、かなりしぶしぶだったけど。

『あぶないとおもったらちかよるのをやめればいい』

『しんだひとはみな　ちゅうこくをむししてちかよった』

『いのちがいちばんだいじ　それをわすれないで』

そんな風に自分を心配する言葉も頂いた。これらの忠告を忘れないようにしよう。何が起きるかはさっぱり分からんし、何が起きてもいいように心構えをしっかりとしておかないといけないな……だが、それでも逃げ出すという選択肢は存在しない。

さて、今日はこれで街に帰ってログアウト。明日はいよいよ魔王様の遺体とご対面だ。

7

翌日のログイン後、白スライムから貰った情報をもとに魔王様の遺体を見つけるべく移動を開始。目的地には、大都側へ一つ戻った駅を降り、街からまっすぐ北東を目指すと到達できるらしい。その移動自体は特に問題なかったんだが……

（つけられてるなぁ……《危険察知》の反応からしてプレイヤーの四人組か。何で自分に目をつけたんだか……白スライムと話をしているときは周囲に反応がなかったから、あのやり取りを見られている可能性はない。そうなると、自分の迷いのない行動っぷりを見ておかしいと感じたか？　それとも、ソロで活動しているところから何かあると感づいたか？　そういう鋭いカンを発揮する人ってのはたまにいるもんだけど、今はただただ面倒なだけだ。もう少しだけ様子を見て、どうするかはその後考えるか）

そのまま数分間歩き続けたが、後をつけてくる四人組は未だに健在だ。一応、歩きながら掲示板を流し読みしてみたが、これといってこの辺りに来る価値のある物が見つかったという情報はない。それなのに、つかず離れずの距離を保ってここまで自分の後をついてきている。念のため意図的に蛇行もしてみたが、それでもぴったりと離れない。これを偶然と言うには無理があるだろう。

（さすがにこのままってわけにはいかんよなぁ。このままついてこさせて魔王様の遺体とご対面させたら、白スライム達が言っていたように死ぬ羽目になって、その逆恨みで自分の事を掲示板で曝し攻撃してくる可能性がある。こういう風についてくる連中ってのは大抵、目的地が見えたら出し抜こうとしてくるからなぁ。向こうは注意すべき事があるなんて知る由もない。何とかしてまかないと）

考えを纏めながら歩き続けると、右手に大きな岩が見えてきた。うん、これを利用しない手はないな。

追跡してきている四人から姿を隠すように、岩の後ろまで歩いて身を隠し……【真同化】を右腕から具現化。天井目がけて放ち、アンカーフックのように先端を引っかけて自分を引き上げる。天井に張り付いた自分は、そこから〈隠蔽・改〉を発動して気配を絶ち、息を殺す。さて、追跡者はどういう行動に出るか、見せていただこうじゃないか。

そうして様子を窺っていると、これまでは決して立てなかった足音と共に、自分が隠れた付近にまでやってきた。おーおー、焦ってる焦ってる。声も飛び交ってるな。

「あいつどこに行った!?」

「気配がしないぞ、感づかれたか？」

「早く捜せ、俺の盗賊スキルのアーツ《金の匂い》が強く反応したんだ、逃がしたらもったいねえぞ！」

そんなやり取りが行われている。うん、貴方達の標的は、頭上にいるんですけどね？

（それにしても、《金の匂い》なんてアーツもあるんだな。カンが良いわけじゃなかったのか……ひと口に盗賊と言っても、いくつ派生先があるんだかもう分からない。多分純粋な盗賊系統に進めば覚えられるアーツなんだろうが、自分はいらないな）

〈隠蔽・改〉の発動でMPが減り続けるので、MP回復ポーションを時々口に運びつつ、そんな四人の様子を天井から観察し続ける。さすがに真上にいるとは思っていないようで、彼らは壁の周囲をうろうろしている。

しかし、ずーっとこうしているわけにはいかない。MP回復ポーションも飲み続ければ当然中毒状態に陥ってしまう。そうなる前に諦めてほしいのだが……向こうもそう簡単に街に引きあげる様子はない。

（こうなったらしょうがないか。ますますMP消費が激しくなるけど、【真同化】をもう一本具現化して、進みたい方向の天井に突き刺して移動していこう。こういう移動方法は向こうも想定外だろうから、距離があけば〈隠蔽・改〉は解除していいだろう）

そうして天井を伝い、徐々に四人から離れていく。

「マジでどこ行ったっ！」

「《危険察知》にも反応しねえっ！　どこに隠れた！」

「くそっ、向こうも盗賊だったのか!?」

背後ではそんな言葉が飛び交っている。確かに盗賊系統のスキルがなきゃ、出し抜かれていただろうね。ただ、向こうの《危険察知》は隠れている相手を捜す能力はあまり高くないのかな？　そのおかげで助かった。

こうして四人組の追跡を振り切り、再び地面に降り立つ。ここからは、アクアの高速移動に頼って距離を稼ぐ。

そうして北東にしばらく進んでいると、急に雰囲気が変わった。周囲の地形などは変化していないのだが、なんかこう、腹の奥にじわじわと奇妙な圧迫感を覚えるようになってきた。進めば進むほどにその圧迫感は強くなり、気のせいではない事を嫌でも感じ取らされる。

「アクア、ここから先は自分一人で行く。もうちょっと戻ったところで待機しててくれ。いいね？」

いいね？と口調こそ質問形だが、これはほぼ強制だ。これ以上、死んだらやり直しがきかないアクアを近づけるわけにはいかない。それを察してか、アクアは一回だけ鳴いた後は嫌がる様子も見せず、ちょこちょこと来た道を戻っていく。

さて、いよいよ地底世界に来た大本命の一つとのご対面だ。ここをしくじってしまうと、今後の戦いに大きな問題が発生するのは間違いない。ここで有翼人の精神攻撃に対する耐性の手掛かりを得られないとなると、戦わずして屈してしまう結末になりかねない。

洗脳されるとしたら、味方に襲い掛かるのか？　それとも、人とモンスターの見分けがつかなくなる、とか？

なんにせよ、精神攻撃を受けて、有翼人の都合が良いように動かされたら……プレイヤーが最悪の敵になるかもしれない。プレイヤーは死んでもデスペナルティを貰うだけ。もちろん「ワンモア」世界の人達もそんなプレイヤーに対策を取るだろうが、それが確立する前にどれだけの被害が出るか。

（こんな普通ではあり得ない事をするのが「ワンモア」であり、あの有翼人達だ。そんな世界になるかどうかの分岐点に、今の自分は立っている可能性が高いのだ。何がなんでも魔王様の遺体回収を成功させなければならない）

軽く頬を叩いて気合を入れ直す。腹に感じる圧迫感は強くなる一方だが、そのおかげで進んでいる方向は間違っていないと分かるのだから、そういう意味ではありがたい。

そして進む事しばし、ついに自分は魔王様の遺体と対面した。

その遺体は……まるでプラチナのような輝きを持ち、薄らと光り輝いていた。

だが、その美しさに見とれている時間はなかった。なぜなら、その遺体の真上に、霊体とでもいうべきものが浮かび上がったのだから。

長い髪、鋭い目。体にハーフプレートアーマーを纏い、左手には騎士剣が握られている。あの騎士剣からかなりの圧を感じるぞ。

やがて、そんな霊体の口が開く。

「圧迫感で再三の警告を与えたにもかかわらず、ここまで来た者よ。お前の目的はなんだ？　返答によっては、相応の結末を迎えてもらうぞ」

さて、それ相応の結末を一方的に与えられては困る。なのでこちらから、さっさと話をする事にしよう。

「ここに来たのは、現魔王様の依頼を受けての事でございます。無論、貴方様の事も知っております」

この自分の言葉に反応を見せる霊体。だがその反応は、好意的とは正反対のものだ。より疑い、より警戒する方向に向かったようだな。だが、こっちには切れる手札がまだまだある。もったいぶる理由もない。

「貴方様の事を知ったのは、貴方様が密かに魔王城に残してきた手紙がきっかけでございます。そう、あの天上に住む羽根を持つ奴らが何らかの動きを見せ始めた事を知らせる手紙が、現魔王様に届いたのです」

この説明に、疑いの雰囲気を多少収め、あごに手をやって考え始める霊体。ひとまず、いきなり戦いになる展開は避けられたか。

霊体はしばらく考えた後、こう問いかけてきた。

「ふむ、確かにお前の言っている事にはこちらも心当たりがある。しかしだ、ならばなぜ現魔王を差し置いてお前が来た？　お前は人族であろう？　魔族が魔王の指示を受けてやってきたのであれば分かる。だが、なぜ現魔王は人族であるお前をここに遣わしたのだ？　そこが分からぬ」

あー、そこは確かに疑問に思われても仕方がない。

やむを得ない、ここは変身をしようか。こういう事があるから、むやみやたらと変身を使うわけにはいかないんだよなぁ。

「分かりました、その質問に答えるには、少し長くなります——以前私は、魔王領にて現魔王様と共闘をいたしました。それは魔族の方々が責務とする事のためであり、私は縁あってそれに関わったのです。そしてその戦いで追い詰められ……私は無謀極まる一つの賭けに出ました。それは——」

ここでいったん言葉を区切って、自分が持つ変身の一つである〈偶像の魔王〉を発動した。とげとげしい黒の鎧を装着し、背中に羽根が四枚展開された自分の姿を見た霊体は、驚きのあまり大きく目を見開いている。

よし、これでここからの話に説得力を持たせる事ができただろう。

「そう、魔王様のお力の一端を受けて、無理やり覚醒を促したのです。無論、これは危険極まりない事で、私自身が暴れ回るだけの化け物と化す可能性も十分にありました。幸い賭けには勝ち、更には初代魔王様にもお目通りが叶いました——そうです、はるか昔の魔王様。私は人族でありながら魔王の力を持ち、魔王の奥義である《デモンズ・ジャッジ》を放つ事を初代様から許された、裏の魔王という面を持つ例外中の例外。現魔王様は今動くに動けない状況なので、そんな私が現魔王様の指示のもと、ここへ一人で出向いてきたのです」

霊体は自分の説明に驚き過ぎたらしく、ギャグマンガのように大きく口を開けていた。せっかくのナイスミドルな整った顔が台無しである——まあ間違いなく、この過去の魔王様の常識がものすごい勢いでぶっ壊れていっている最中なんだろうけど。

「な、なんだと。人族の魔王？　訳が分からぬ。だが、だが。確かにその力は魔王のものだ。そして《デモンズ・ジャッジ》の事も、初代様の事までも知っている。魔族のごくひと握りしか知らぬ事をここまではっきりと言われては、認めざるを得ん。なるほど、だからお前がここまでやってきたのか。私の体を回収し、あの憎き羽根持つ奴らと戦う準備をするために」

ようやく口を閉じると同時に意識が驚きの果てから戻ってきたらしい霊体は、何度も頷きながらそんな事を言った。その言葉の通りなので、自分も変に言葉を挟まずにただ頷いて肯定しておく。

「ついに、我が体を託せる者がやってきたか……頼む、現魔王と協力し、自分達を神と称して地上にある命を玩具としか見ない、あの傲慢な奴らに制裁を加えてくれ。そうしなければ、いつか必ず地上に住まう命は奴らの洗脳を受け、都合のいい奴隷とされてしまうだろう。そんな結末を迎えては私は死んでも死にきれず、悔やんでも悔やみきれぬ。奴らの甘言に乗ってしまった愚か者の体だが、奴らの洗脳攻撃だけは意地でも防いでみせよう。そこから先の事は、貴殿達地上の命に託す。地上の未来を、頼んだぞ……」

そう言い残すと、霊体は姿を消した。

自分は変身を解除すると、手を合わせて過去の魔王様の冥福を祈った後、プラチナのような輝きを放つその遺体を自分のアイテムボックス内に回収した。

これから迅速に、この遺体を魔王城まで届けねばならない。そのためには一度三大都に戻り、そこから地上に出るゲートをくぐる必要がある。まあ手続きはそう難しくないらしいし、地上に戻った後、もう一度地底世界に繋がるゲートをくぐれば、戻りのゲートを利用した三大都に戻ってこれるそうだ。

なのでさっさと三大都まで戻ろうとしたのだが……帰り道の途中で、先程まいたはずの四人組と鉢合わせしてしまった。

最初は、《危険察知》で一定距離内にいる事を知ったので、大きく迂回するように動いた。しかし、向こうの《危険察知》持ちの範囲内に入ってしまったのか、一気にこちらとの距離を詰めてくる動きをキャッチした。仕方ないのでこちらも街に向かって走る。それを察した向こうも先回りしようと移動を開始する。

ここでアクアの足は使えない。ここにピカーシャがいるとバレたら、それはそれでまた面倒だ。

そうして街の近くまで来たところで、ついにお互いの姿を目視する。

「そこの黒い外套を着た奴、止まれ！」

そんな声が後ろから聞こえてきたが、知り合いでもない奴からああ言われて止まる理由があろうか。ましてや今は、魔王様の遺体を持ち運んでいる身。こんな連中に関わっている時間はない。ここは三十六計逃げるに如かずだ。

そうして連中に追いつかれる前に、ドワーフの街に入る事に成功した。しかしその直後に四人組も街に入ってきて、自分に近寄ったかと思うといきなり肩を掴んできた。失礼な。

「おい、お前の見つけた宝を俺達によこせ」

その、あんまりにあんまりな頭の悪い発言に、一瞬自分の思考が停止した。

宝をよこせって、なんじゃいそれは。というか、こんな事をいきなり言ってくるアホがまだこの世界にいたという事実に驚きを隠せない。この手の連中はとっくに淘汰されたか、裏に潜んで姿を見せなくなったかのどちらかだと思ってたんだが。っと、いけない。

「言っている事がさっぱり分かりません。宝と言われても、それに該当するような物は持っていませんよ？　付け加えるなら、持っていたとしても貴方達に渡す理由がない。初対面の相手に、なぜ自分の財を無条件に渡さなければいけないのでしょうか？」

このやり取りの最中に、数人のドワーフがこちらにやってくるのが見えた。武装しているところからして、自警団役かな？　だが、自分に注視している四人組はそれに気づいた様子もなく、更なる自分勝手な理屈を叩きつけてくる。

「俺のスキルがお前に反応しているんだ。お前は金になる物を持っているってな。さっさと渡したほうが楽だぜ？　俺達はお宝を手に入れるためには、どんな事でもとことんやるからよ？」

あー、こいつはダンジョン探索などに貢献する技術職の盗賊ではなく、ゆすりたかりをはじめとした悪事をやるほうの、ファンタジー的お約束の悪党盗賊プレイヤーなんだろう。そうだとすると、さっきからの頭の悪い言動はロールプレイの一環という可能性がある。でも、こちらがそれに付き合う理由はない。それに――

「へえ、とことんやるって、それがどんな内容か俺達にも教えてくれねえか？」

と、包囲が完了したドワーフの皆さんが、そんな言葉を盗賊プレイヤーに投げかけた。そこでようやく状況に気がついた四人組は目に見えて焦り出す。

何というか、おい。凄まじくお粗末な行動ばっかりなんだが……なぜこのレベルで地底世界に来られたんだと疑問が湧くほどだ。

それとも、地上で色々やり過ぎて居場所がなくなったんで、逃げるように地底世界に来たのかな。こいつらの持つアーツは、スリとか脅しとかのろくでもないものばっかりになってそうな気がする。

一応念のためにアイテムボックスを確認……うん、魔王様の遺体がいつの間にかスラれている、なんて事はなかったので、ひと安心。

「て、てめえ！　援軍を呼ぶなんて卑怯だぞ！」

なんて言ってきたけど、四人がかりで一人を脅した時点で卑怯者はそっちなんですけどねえ。ドワーフの皆さんは、騒ぎを聞きつけて迅速に来てくれただけだ。というか、そろそろ自分の肩を掴んでいる手が鬱陶（うっとう）しくなってきたので振り払っておく。

「ドワーフの皆様、お騒がせして申し訳ありません。自分と彼らは初対面なのですが、彼らが一方的に自分に対して金銭を差し出せと言ってきた次第で、困惑しております」

自分が頭を下げながらそう言えば、ドワーフの皆さんの視線が四人組に集まる。当然、その視線には警戒の意思が乗っている。四人組はこの場から逃げ出そうとしたが、包囲されているので逃げ道はない。

そうして彼らが取った行動は、刃物を抜いて、一点突破を図る事だった。実に愚策だが……戦うドワーフさん達は、命を収穫する者との死闘を経験している。そんな彼らが、ナイフやショートソードを向けられた程度で怯むわけがない。むしろ明確な敵対行動を見せた事で、ドワーフ製の超重量ハンマーが四人組の体目がけて振り下ろされる。

――その後には、汚い四つの染みが生まれて、すぐに消えた。馬鹿な奴らだ……背こそ人族より小さいが、全身筋肉のドワーフ族に真っ向から喧嘩を売るなんて。まあ、彼らにはふさわしい結末ってやつだろう。どうせこれでも全然懲りずに、またどこかで悪事をやりそうではあるが。

「あんな連中に絡まれるとは、兄ちゃんも災難だったなぁ」

そんな言葉をかけてくれたドワーフの皆さんには、感謝の言葉を返すと共に頭を下げておいた。今回の件は、犬に噛まれたようなものだと思ってさっさと忘れよう。

今日はオリハルコンの街に戻って、宿屋でログアウトだな。で、明日魔王領に出向こう。

8

翌日、ログインしてゲートを通り、地上へ。次に地底世界に来るときは、このゲートがあるオリハルコンの街からのスタートとなる。街を探して長時間うろつかなくてもいいから楽だ。

それと、ここしばらく生産作業をやっていないから、魔王様の遺体を届けたら久しぶりにハンマーを握って鍛冶作業をしよう。ミスリルを叩いてみたい。

そして地上に戻ったところで、ウィスパーチャットが飛んできた。相手は……ツヴァイか。何かあったかな？　ウィスパーに応えてみると……

『アース、お前掲示板に曝し上げされてるぞ⁉』

なんて言葉が聞こえてきた。あーはいはい、やっぱりやってきたか。書き込んだのは昨日の四人組だな。とことんやるって言ってたから、この展開は想定内の事。ツヴァイも状況を理解できるように、大雑把に昨日の一件を教えておいた。

『なんだよそれ、悪いのは全部向こうじゃねえか！　しかもドワーフに対して剣を向けたんなら、殺されたのも当然の結末だろうが……呆ればいいのか怒ればいいのか、上手く言葉で表現できないぞ……』

　自分の話を聞いたツヴァイは更に感情的な声を上げる。まあ気持ちは分かるよ。あまりの馬鹿らしさに怒りも呆れも同時に覚えて、ひと言では表現できないよな。

　まぁ何にせよ、こういうのって曝された本人が関わると、余計面倒な事になるだけなんだよな。それに曝し上げの掲示板なんか、わざわざ探しに行かない限りは目にする事はないのだから、放置でいいだろう。

『あーそれが正しいんだろうけどな、やっぱりイラッとするんだよ。それも今回は相手側が一方的に絡んだ上に嘘つきまくりのねつ造しまくりってパターンだろ？　もしＰＫ（プレイヤーキラー）システムがあったら、ギルメン使ってあいつらの首を取りに行くレベルだぞ』

　あ、これツヴァイ君かなりキレてる。もちろん感情的に許せないってのは分かるし、そう思ってくれる事は本当にありがたいとは思うけどね。そんな事で貴重な時間を使ってほしくないんだよ。もったいないでしょ、あんな連中に時間を割くなんてさ。そんな事をするよりギルメンとこの世界を楽しんでいてくれたほうが、よっぽど有意義ってもんだ。

『かといって、この手の連中は何の証拠もなしに反論をすると、釣れた！とか言ってより変な方向に話を持っていくって展開が見えているから、関わりたくないんだよ。別に悪党扱いされたってさ、立ち振る舞いをちゃんとしていれば、疑いの目を向けられるのは向こうだし。それに、こっちはこっちで、掲示板以外で反撃させてもらうさ』

こちらが反撃できる方法は他にもある。そもそも今回地底世界をあちこち歩き回ったのは、魔王様からの依頼だ。

さて、その依頼を彼らは妨害した。その事実を、自分が魔王様に言えば、どうなるかねえ？ まあどういう形になるかまでは断言できないが、面白い事にはなるんじゃないかな？ 世界のトップにいる存在に存在を知られるってのは非常に面倒だぞ？ 地底世界にまで追手がかかるかもしれないが、その原因を作ったのは彼らなんだから、因果応報だよね？

『そうか、何か方法があるって言うなら、とりあえずこっちは様子見させてもらうぜ。あと、教えてもらった四人組の特徴をギルメンに伝えたところ、フレンド伝いに調べたそいつらの名前を教えてくれたから、アースにも教えとくぞ？ ドロップ、グラップ、ガガップ、フラップっていう、名前の最後がプで統一されてる盗賊四人組らしい。各自で分担して盗賊スキルの派生先を網羅し、得意分野で金になるものを見つけてる連中だそうだ。で、言うまでもないが世界各地で色々と面倒事も起こしてるらしくて、妖精国や獣人国、エルフの街からは永久追放処分を食らってるって事だ』

ああ、やっぱりそういう連中だったか。というかそれを聞いて色々と納得。それじゃあ、その永久追放リストに、魔王領を追加してあげる事にしようか。いやー、自分ってヤサシイナー（超絶棒読み）。

『名前の情報はありがたい、助かった。んじゃ、今回の依頼主にそいつら四人の名前と特徴を伝えておく事にするか。そしたら依頼主が何らかの動きを見せるだろうから、あとはその結果を待つだけだな』

こう言えば当然、ツヴァイから『その依頼主って誰だ？』という質問が飛んでくる。なので正直に『魔王様だよ』と返しておいた。うん、ウィスパー越しにもツヴァイが絶句した雰囲気を感じ取れるね。

『――そうか、その四人は魔王様に喧嘩を売ったって事になるのか。うん、こりゃ俺達が何かするまでもないな。魔王様の邪魔になっちまったら色々とマズそうだし』

うん、その考えで問題ないと思うよツヴァイ。自分も魔王様に伝えた後はノータッチのつもりだし。

あの四人のした事は、魔王様……だけでなく、長い目で見れば地上の人全員に喧嘩を売ったのと同義だ。無論当人達にそんなつもりは欠片もないだろうが、魔王様をはじめ有翼人達との戦いに備えようとしている人達からすれば、大事な対抗策の一つを奪い取ろうとしたわけだから。

『この話はそれでいいな。あと何かあるか？　うん、んじゃまた。依頼が終わったら、こっちはしばらく三大都の一つであるオリハルコンの街で鍛冶修業に励んでいると思うから、会いたかったら来てくれ。んじゃまたな』

ツヴァイからの『ああ、そのうちそっちに行ってみる。それじゃな』との返答を受けて、ウィスパーを切る。

さて、と。できるだけ早く、依頼された物を魔王様に渡しておきたい。

しばらく歩き、〈百里眼〉と《危険察知》の両方を使って周囲を確認。アクアに本来の姿へと戻ってもらって背中に乗り、空を飛んで高速移動。これであっという間に人族領と魔王領の境界線に近いフォルカウスの街に到着する。許可を貰って魔王領に入れれば、再び人の目がない所まで進んでからアクアの力で空を飛ぶ。こうして、魔王城まで大した時間をかけずに到着できた。

「お待ちしておりました。ここに戻られたという事は、依頼を達成されたのですね？　はい、詳細は聞かされておりませんが、アース殿がこうしてやってきた場合はすぐに連絡しろと、魔王様から直に指示を受けておりますので」

門番も気の利いた対応で、そこからの話も早かった。あっさりと魔王様に謁見が叶い、回収してきた過去の魔王様の遺体を渡す事ができた。

これでようやく肩の荷の一つが下りた。これからは、いずれやってくる戦いに備えて装備を作りたいな。特に新しい弓……八つ頭の弓を作らないと。

でもその前に、魔王様に報告しておく事がある。

「真（まこと）か？　そなたから魔王の遺体を奪おうとした賊がいたというのは？」

そう、あの四人組の一件だ。これはしっかりと伝えておかねばならんだろう。

「はい、事実です。賊の四人組——友から貰った情報によれば、彼らはドロップ、グラップ、ガップ、フラップという名前だそうです。全員が盗賊技能を持ち、各自得意な能力を活かしてスリや強盗のような事をしているとの事。また、これも友からの情報ですが、妖精国やエルフの街、更には獣人国から永久追放処分を受けているという話もありました」

自分の話を聞いた魔王様の目がスッと細まる。

僅かに思考した魔王様は、四天王の一人であるエキドナのマドリアさんにこう指示を与えた。

「魔族の中でも特に隠密に長けた者を地底世界に向かわせろ。そしてその四人を私の前まで引っ張ってこい。私の前に連れてきさえすれば、その状態は問わぬ。分かるな？」

この指示にマドリアさんは一礼し、すぐに謁見室から出ていった。うん、これであの四名の運命は決まったな。仮にいくら強かろうが、少数で国家を相手に戦えるわけはない。しかも魔族は魔法に長けた強い種族だ、そんな種族の王に目をつけられれば、もう逃げ場などなくなったと言っても言い過ぎではないだろう。

「それにしても、この難しい依頼をよくぞ成し遂げてくれた。受け取った遺体はこの地上を守るために必ず役立てよう。そして報酬だが……何が欲しい？　申してみよ」

おっと、決まっているんじゃなく、内容を希望できるのか。それならば。

「では、申し上げます。時を見て、私と故郷を同じくする者の中でも強く、一定以上の信を置ける者達だけには、今後訪れるであろう困難を話そうと考えております。願う事は、その中で共に戦う事を決めた仲間達にも、有翼人の洗脳を防ぐアイテムを与えてほしいのです」

その仲間とは、ツヴァイ達『ブルーカラー』の初期メンバーに、グラッドのPT、シルバーのおじいちゃんにヒーローチーム、この辺りとなるだろう。彼らには、有翼人の存在が公表された後に、奴らとの戦いに加わってくれるかどうかを聞こうと考えていた。

「そうか。では、その約束を守ると魔王の名において誓おう。だが、それだけでは魔王として気が済まぬ。故に、今後の旅と戦いに備えた装備を調える資金として、一〇〇〇万グローを授けよう。好きに使うがよい」

一〇〇〇万をポンとくれるんですか……でも、ありがたい。弓を作る資金にさせてもらおう。

こうして、自分は無事に魔王様から受けた遺体捜しの依頼を達成する事ができた。今日は魔王城に一泊させてもらい、明日地底世界に戻って鍛冶作業を始めようか。ドワーフから、弓の製作についての助言も欲しいところだ。

◆　◆　◆

今日もログインし、魔王様に挨拶をしてから魔王領を後にして、再び地底世界に戻ってきた。久しく生産から遠ざかっていたので、しばらくは街中で満足いくまで生産に勤しもう。【強化オイル】も補充しなきゃいけないし……

だがその前に、とりあえず作った新しい弓の設計図をドワーフの鍛冶屋さんに見せて、助言を貰おう。更に、ドラゴンスケイルライトアーマーも修理しないと。もう限界ぎりぎりというくらいでは済まない状態のはずだからな……そう思って、ドワーフの鍛冶屋さんをいくつも訪れたのだが。

「こりゃ無理だ。絵に描いた餅ってやつだ。もうちょっと大人しいデザインにしたほうが良い」

「並の素材じゃ、ちょっとこの形では耐久力に不安が出るぞ。弦を四本張るようなものだろ？　二本までなら無理はねえと思うんだがな」

「こういう無茶をやろうって心意気は大好きだ。でもな、ちょっと無理すぎる気がするぜ」

「この鎧、もう無理だと思うぞ……むしろなぜ壊れないのかが不思議だ」

「兄ちゃん、この鎧はもうダメだぜ……ドラゴンスケイルライトアーマーなんて物は、普通の鍛冶屋じゃあ扱えねえよ。むしろ何で持っているんだってところが気になるぐらいだ」

「ダメだ、こいつは手の施しようがねえ。もう眠らせてやるしかねえよ」

といった感じの事を、訪れた先で言われまくってしまった。

先端が八つある弓というだけでも異様なのに加えて、それがX字形の弓の先端四つの先を更に二股にするとなると耐久力に難があるとの事。たとえ総ミスリルで作ったとしても、使ううちに先端が金属疲労でぽっきりと折れてしまうだろう、と断言された。

そしてドラゴンスケイルのほうも、修理はできねえと言われるばかりだ。限界なんかとっくに超えているそうで、むしろなぜ壊れていないのかが分からないとさんざん言われた。こちらも修理する方法はもうないのだろうか？　それでも諦めずに鍛冶屋を回っていると……

「うーん、無茶だな。無茶なんだが……おいお前さん、指示を受けるのに男とか女とかには拘らないか？　そうか、拘らないっていうんならちょっと待ってろ、地図を描いてやるから。あそこの女鍛冶屋はこういう無茶が特に好きで、普通の武器を打ちたがらないくらいの奴だからな。もしかしたら、お前さんの希望通りの形を保ちつつ問題を解決する方法を思いつくかもしれん。一応行くだけ行ってみるといい。鎧にしてもそうだ、アイツの腕なら万が一があるかもしれねえ」

なんて事を言われた。ちょっと気になる点がないでもないが、自分は別に指示してもらう相手の性別なんぞ気にしない。いや、別に人間じゃなくったって構わない。ちゃんと会話を交わせて、無茶ぶりを連発するような事さえなければいい。

何にせよ、可能性があると言うのなら行ってみる価値はある。鎧の修理もある上に、今回ばっかりはさすがに自分一人で適当にやったんじゃ作れそうにない弓だ。今以上に鍛冶スキルを上げた上で、指導を受けながら作るのが良いだろう。次に作る弓が、有翼人との戦いで使う相棒になるのだから。

今使っている【蒼虎の弓】が悪いというわけではないが、あの羽根持つ男と対峙したときに感じた威圧感はまだ心と体に残っている。そしてその心と体がこう言うのだ。「今の弓ではあと一歩どころか三歩も四歩も届かない」と。

だから、常識的な弓にはない何かが必要なのだ。それに、今は亡き獣人連合の占い師さんにも、自分は八つ頭の弓を生み出し、それを生涯の友にするだろうと言われた。

そして、防御力を維持するには、ドラゴンスケイルライトアーマーの修理が必須となる。相手の強さを知っているからこそ、最高の物で立ち向かいたい。有翼人との戦いになれば、おそらく生産をやっている暇はない。だから、この時間が最後のチャンスかもしれない。この地図で示された鍛冶屋さんが何とかしてくれるといいのだが。

(もしかして、ここ?)

描いてもらった地図と何度か照らし合わせてみても、どうやらここで間違いないようだ。しかしお店の外見には剣や盾、鎧がショーウィンドウから見えるといった、いかにも鍛冶屋さん!という感じのアピールは一切なく、髪留めや指輪、イヤリングにネックレスが展示されている。どう見ても鍛冶屋さんじゃなくてアクセサリー屋さんなんだけど。

でもまあ、とりあえず入ってみなけりゃ分からないか。間違いだったら、もう一回地図を描き直してもらえばいい。この周辺って事は多分間違っていないんだろうし。

「いらっしゃい、何をお探しですか？」

店に入ると、女性ドワーフが出迎えてくれた。なお、この世界のドワーフは男女いずれも髭が生えている。ただ、女性はその髭を三つ編みとかにして飾り立てている事が多い。一方男性は清潔にこそしているものの、飾りは一切つけない傾向が強い。まあ何事にも例外はあるが、大体はそんな感じである。

「えーっと、ここなら、この鎧の修理と、自分が描いた設計図の弓を実現できる可能性があると言われて来たのですが」

自分がこう言うと、女性ドワーフの目がキラリと光った。アニメなんかのマッドサイエンティストがよくやる「あ、いい事思い付いちゃった♪」みたいな感じの輝きである。

それに気がついた自分は一歩引き下がりそうになったが、それは許されなかった。自分の腕を、女性ドワーフが凄まじい握力でしっかりと掴んでいたからである。

「どんな無茶を考えたのかな？　早速見せてもらおうじゃない。あと、鎧もさっさと見せてね！」

さっきまでのお客さんを迎える丁寧な感じはどこに行ったのか、今はギラギラとした視線と荒い鼻息をこちらにぶつけてくる。

仕方がないので、鎧を脱いだ後に弓の設計図を取り出して見せてみると、女性ドワーフはあーとかううーんとか呻きながらあれこれ考え出した。逃げるなら今のうちなんだろうが、逃げてしまってはこの先がない。

そうして待つ事、大体五分ぐらいか？　隅っこで大人しくしていた自分に、凶悪な笑みを浮かべた女性ドワーフが話しかけてきた。

「良いじゃない良いじゃない、そうよ、これぐらいぶっ飛んだものを作らなきゃ鍛冶屋じゃないわ！　ちょっと、私の工房に来なさい！　鎧のほうもしっかりと見たいから」

そう言うが早いか、再びその凄まじい握力で自分の手をひっ掴み、店の奥へと連れ込む。途中で階段を下りたので、工房は地下にあるようだ。

そうして半分拉致されるような格好で案内された工房には、武器が所狭しと並べられていた。ハサミのような大剣のような武器。ナックルにボウガンのような物がくっついた武器。あ、よくロマン武器って言われる銃と剣がくっついた武器もあるな。ただ、ここにある武器は、本当に使えるのか？と疑いを持ってしまう外見の物ばっかりだ。

自分がそんな感想を抱いている間に、女性ドワーフは設計図や鎧の状態を見終えたようで、「うん、大体分かった」と声を上げる。なので自分も周囲の武器からいったん目を離し、そちらに向き直る。さて、どんな結果になるのだろうか。

「さて、設計図と鎧をざっと見たけど。まず弓のほうから結論を言うわ！　この弓は、この外見を維持した上で作れる！　それも寿命が短いとかの欠点はなしでね！」

　おっと、これは心強い。今まで無理だと言われてきたから、ここで作れる宣言は素直に嬉しい。

「ただ、材料が色々と必要なのよ。ミスリルとかはこちらで用意できるけど、それだけじゃあ足りない。多分他の鍛冶屋もそれが分かったから、無理と言ったんでしょうね。でも、貴方がそれを集められると言うのであれば話は別よ。貴方は冒険者なんでしょう？　やってみなさい！」

　ふむ、何を要求されるのかは知らないが、可能性があるなら行動するのも苦ではない。

「そして鎧のほうなんだけど……ダメね。こっちはもう、人間で言う心臓部分を撃ち抜かれちゃってる。まさか遠いお爺様の作品が私の所に帰ってくるとか、どういう巡り合わせよと思ってしまったけどね。でも、お爺様のやり方を更に一歩も二歩も改良したドラゴンスケイルライトアーマーの作り方をもう編み出しているから、それが欲しいのならばこちらも材料を集めなさい！　集める事ができれば作ってあげられるわ！」

　鎧のほうも、何とかなるのか。今まで守ってくれた物とお別れになってしまうのは変わらないが、装備としてドラゴンスケイルライトアーマーを維持する事ができるなら問題はないか。だが、一つだけ確認しておかなければ。

「鎧のほうですが、この軽さは維持できるのですか？　重量が増えてしまうと辛いのですが……」

　そう、自分には防具を装備したときのデメリットを消し、より効果を上げるマスタリー系統のスキルがない。だからこそ、軽鎧でありながらペナルティなしで使えるドラゴンスケイルライトアーマーが必要なのだ。いくら軽くても、レザーでは防御に不安が残ってしまう。

「だいじょーぶ、この私……そう言えば名前を言っていなかったわね。私はクラネス、鍛冶の無理を通すのならこの私に任せなさい！　そういった、お爺様が作り上げた基本的な性能は維持する事を前提としているから！　長所を伸ばしつつ短所を消す。そうじゃなきゃ、改良だなんて恥ずかしくて言えないもの！　貴方は余計な心配をせずに、私の指示と指導に従って頑張ればいいの！　絶対後悔させないわ！」

すっごいテンション高いな。が、ここまで自信満々に言い切るんだ。相応の腕と自信があるんだろう。他のドワーフさん達には断られているわけだし、彼女に全てのチップを賭ける方向でいくか。他に頼る先もないし、このチャンスを逃せば次があるかどうか分からない。乗っておこう。

「さて、貴方……そういえば貴方の名前も聞いてなかったわね。ああ、アースって言うのね。じゃあアース、貴方がこれからやるべき事と私がやるべき事を、ざっと教えるわ。それから、より良い物を作るのに必要な素材を挙げていくから、メモしていってちょうだい。準備はいい？」

との前置きの後、クラネスさんから今後の予定が語られた。

まず自分がやる事は、鍛冶の腕を磨く事だそうだ。その理由だが……

「貴方の履いている靴から、貴方がある程度の鍛冶技術を持っている事は分かっているわ。まさか【蒼海鋼】を使えるとは思わなかったけど……だからこそ、貴方の設計図の弓は作る事ができる。いい？　まず貴方には己の限界まで鍛冶の技術を上げてもらうわ。上がったら海に出向いて、貴方の描いた設計図通りの弓を【蒼海鋼】で作り出すの。そうして出来上がった弓をここに持ち帰ってもらって、私がその弓にミスリルと必要な回路を施した仕組みを組み込むわ。それで、貴方の設計図通りかつ寿命が短いという欠点もない弓が出来上がるのよ」

　という事らしい。かいつまんで言うと、母体となる【蒼海鋼】の弓に色々と素材を継ぎ足して強化を施していくそうだ。

「で、ここからは更なる強さを弓に持たせるために必要な物ね。ドラゴンの骨、各種ドラゴンの鱗……欲を言えば【天鱗】が望ましいわ。そして更に欲を言えば龍の鱗が四枚。どれもとんでもない材料だけど、一つでも素材が増えれば、弓の威力と能力がガツンと跳ね上がるから、できるだけ集めてきてほしいところね。ドラゴンの骨は弓を頑丈かつしなやかに進化させられるし、各種ドラゴンの鱗は特殊能力を付与できるの。そして最後の龍の鱗だけど……万が一これが手に入るなら、もう伝説どころか神の弓と言ってもいいぐらいのレベルになるわ」

　ドラゴンの【天鱗】ってなんですか？　と質問してみたところ、『ドラゴンの頭部にある鱗』の事らしい。頭部を守るために特に強化、進化している鱗らしく、これで作った装備の価値はとんでもないレベルになるんだとか。うーん、とりあえずドラゴンの王様に聞いてみるか。

ドラゴンの骨は……以前手に入れた分はインゴットに変えちゃったからなぁ。とりあえずこっちもドラゴンの王様に話をしてみて、老衰で亡くなったドラゴンの骨があるなら譲ってもらえないか聞いてみよう。

龍の鱗については、ずっと前に貰った鱗がある……三枚だけ。あと一枚足りないんだよね。これも龍の国に行って話をするだけしてみよう。ダメで元々だ。

「弓のほうはそんな感じ。そして鎧についてなんだけど、こっちに使う分は普通の鱗で大丈夫。それに今の鎧から再利用できる鱗がそれなりにあるから、最悪新たな素材が手に入らなかったとしても、何とか新しい鎧は作れるわ。ただ、できるだけ新しい鱗が集まったほうが良いってのは言うまでもないわよね？　とはいえ、今地上のドラゴン達がどうなっているか私は分からないから……手に入らないなら仕方がないわ。ただ、その分能力は下がるわ」

へえ、今の鎧に残っている鱗だけでも何とかなるのか。でも、でかいヒビが入ってしまっている以上、再利用できる部分なんてたかが知れているだろう。こちらも何とか数を揃えたいところだ。以前治療してあげたお礼として、ブラック・ドラゴンとホワイト・ドラゴンから貰った鱗がアイテムボックス内にあるが、【蒼海鋼】の弓を作って帰ってきたタイミングで出せばいいだろう。

「ふむ……よし、メモできました。しかし、改めて見てみると、この素材の中のどれか一つだけでも巨万の富を築き上げられそうな気がするんですが」

この自分の言葉に、クラネスさんは苦笑した。ああ、どれ一つとっても激レアな素材オンリーだと自覚はしてたんだな。以前、フェアリークィーンに龍の鱗を見せたときも、ものすごく驚かれたし。

「まあねー、素材を要求した私が言うのもなんだけど、アースの言う通りどれもこれも超をいくつつけても足りないレベルの一級品素材よ。もし他のドワーフに知られたら『お前さんは何を作るんだ!?』なんて殴り込みを受けそうな気がするわ。正直、私自身は作れるって自信があるし、最高級の弓が出来るってのも確信している。ただ、どれぐらい狂ったレベルの弓になるかまでは分からない。万が一私が言った素材全てが集まったとしたら、使い手によっては神でも悪魔でも一射で殺せそうな一品が出来そうだわ」

神でも悪魔でも、ね。そりゃあいい、見た目は天使で中身は鬼畜なあの野郎を討つにはもってこいの武器じゃないか。そうとなれば、素材は全て集める必要があるな……龍神様とも交渉しないと。何としてでもこの弓を完全体で作り上げたい。龍神様も、武器を振るう目的を伝えれば話くらいは聞いてくれるはずだ。そこから交渉を重ねて、何とかあと一枚だけ、鱗を譲ってもらえないか頼んでみよう。

「それなら尚更頑張って、母体となる弓を作るために鍛冶の技術を磨かないとダメですね」

自分の発言に、クラネスさんからは「そうよ、ビシビシ厳しくいくからね」との返答。

そしてその言葉には嘘偽りなど一分もなく……それからリアルの時間で二か月強、ただひたすら鍛冶の修業に時間を費やす日々となった。

時々ツヴァイ達が街にやってきたときは話をしたりもしたが、基本的には常にクラネスさんの工房でハンマーを振るい続け、ミスリルの精製から各種武器の製作まで、ひたすら修業に没頭した。

なお、各種武器を作らされたのは、修業の意味合いだけでなく、色々な物に触れたほうが良い武器を打てるようになるというクラネスさんの思想に従ったまで。アクアはアクアで自分に水を出してくれたり回復してくれたりと、大忙しの日々だった。

その協力者二名のおかげで、しばらくの間1レベルも上がらなかったのはなんだったのか？と感じるくらい、自分の鍛冶のスキルレベルは日を追うごとに跳ね上がっていった。

まず鍛冶は、〈鍛冶の経験者〉がレベル50に到達。そこから、おそらく特殊進化と思われる〈ドワーフの指導を受けた鍛冶屋〉に進化。

そして〈ドワーフの指導を受けた鍛冶屋〉もレベル99に到達したので、次の進化先として〈ドワーフ流鍛冶屋〉へ。

しかしここはまだ終点ではなく、〈ドワーフ流鍛冶屋〉をレベル99にすると〈ドワーフ流鍛冶屋・皆伝〉というスキルにランクアップ。ちなみにこのときに要求されたＥｘＰはレベルアップの間に得られたＥｘＰの量を超えており、赤字である。余らせておいてよかったとホッとしたものだ。

だが、まだ先があったときには顔が引きつった。〈ドワーフ流鍛治屋・皆伝〉の進化先には〈ドワーフ流鍛治屋・史伝〉というものがあったのだ。こちらへの進化に必要なＥｘＰは無茶苦茶重かったが、進化させないという選択肢はなかった。貯蓄していたＥｘＰがゴリゴリ減っていく……どうせ余ってるんだし、と楽観的に考えてアーツの強化にでも突っ込んでいたら危なかった。

そして、この〈ドワーフ流鍛治屋・史伝〉がレベル99になったところで、ついにスキル名の後に『The Limit!』の文字が浮かんだ。その文字を見た瞬間、ついに修業が終わったと感じたものだ……

あと、この鍛治修業によって、指のスキルも伸びた。〈技量の指〉がレベル99に達したので〈精密な指〉へと進化。そして〈精密な指〉はレベル43まで伸びた。

指のスキルは鍛治と比べると伸びがイマイチだ。これはあらゆる生産に関わるからかもしれない。増加した分のＥｘＰは、今後の事も考えてアーツ強化には回さずに温存しておく方針である。

「アースは呑み込みが良いね。この短期間でここまで腕を上げるとは予想外だったわ。今のアースの腕なら、母体となる弓を打てるって太鼓判を押してあげるわ。体を休めたら出発しなさい。アースが帰ってくるまでに、こっちはこっちであらゆる素材を集めて準備しておくから」

クラネスさんの言葉に頷き、久しぶりに装備一式を身に纏う……ドラゴンスケイルライトアーマーを除いて。鎧は一時的に、クラネスさんが貸し出してくれたドラゴンレザーアーマーに変更している。これはこれでレザーとしては高い防御力を持っているようだが、ドラゴンスケイルの防御能力に慣れた自分にとってはかなり心もとない。戦闘はできるだけ避けたいところである。

「それでは行ってきます。かなり時間がかかると思いますが……できる限りの素材を集めてきます」

クラネスさんにそう伝えて、自分は久しぶりに地上に戻ってきた。太陽の光がやけに眩しく感じる。

さて、まずは【蒼海鋼】での弓作りから始めよう。サハギンさん達の集落に行って、人魚さんと連絡を取ってみるか……

【スキル一覧】
〈風迅狩弓〉Lv50（The Limit!）〈砕蹴（エルフ流・限定師範代候補）〉Lv42
〈ドワーフ流鍛冶屋・史伝〉Lv99（The Limit!）〈精密な指〉Lv43〈小盾〉Lv42
〈蛇剣武術身体能力強化〉Lv18〈円花の真なる担い手〉Lv3〈義賊頭〉Lv68
〈隠蔽・改〉Lv7〈妖精招来〉Lv22（強制習得・昇格・控えスキルへの移動不可能）
追加能力スキル
〈黄龍変身〉Lv14〈偶像の魔王〉Lv6

控えスキル
〈木工の経験者〉Lv14　〈薬剤の経験者〉Lv34　〈釣り〉（LOST!）　〈医食同源料理人〉Lv17
〈人魚泳法〉Lv10　〈百里眼〉Lv40
ExP42
称号：妖精女王の意見者　一人で強者を討伐した者　ドラゴンと龍に関わった者
　妖精に祝福を受けた者　ドラゴンを調理した者　雲獣セラピスト　災いを砕きに行く者
　託された者　龍の盟友　ドラゴンスレイヤー（胃袋限定）　義賊　人魚を釣った人
　妖精国の隠れアイドル　悲しみの激情を知る者　メイドのご主人様（仮）　呪具の恋人
　魔王の代理人　人族半分辞めました　闇の盟友　魔王領の知られざる救世主　無謀者
　魔王の真実を知る魔王外の存在　天を穿つ者　魔王領名誉貴族
プレイヤーからの二つ名：妖精王候補（妬）　戦場の料理人
強化を行ったアーツ：《ソニックハウンドアローLv5》

9

アクアの力で空を高速移動し、サハギンさん達の集落へ一気に到着。ここを訪れたのは久々だったが、サハギンの皆さんは以前の鮫(さめ)との戦いを忘れておらず、自分の事を温かく迎えてくれた。

ひと通りの挨拶が終わった後、人魚さんに話を繋いでほしい旨を伝えると、都合のいい事に、あと少ししたら人魚さん達がこの集落の近くまでやってくるという。

「お前なら、人魚達も安心していられるだろうから、問題はないな。今から人魚達との待ち合わせ場所に行くのだが、出られるか？」

男性サハギンからかけられた言葉に頷き、数名のサハギンさん達と集落を後にする。

目的地に向かう途中、未だ人魚さんにいらないちょっかいをかける奴がいるんですか？という質問をしてみたところ、残念ながらいるらしい。もっともその全てがプレイヤーというわけではなく、こちらの世界の人族も含まれてるみたいなんだけど。それで、人魚の皆さんとサハギンさん達で話し合って、サハギンさん達が認めない人物は人魚さんに会わせないという事になったそうだ。

「世の中にはどうしても馬鹿がいるもんでな、周りがやめろと言ってる事でもやる奴はいる。少し前だが、人魚を生け捕りにしようとした欲深い獣人がいてな。そいつは人を雇って、人魚達と人族が仲良く歓談しているところに馬鹿でかい網をぶん投げやがったんだ。まあその場にいた人族達が強い連中だった事と、お前のような遠くからやってきた奴らが近くにいたおかげで阻止されたが」

　そんな事があったのか。阻止した人達はいい仕事をしてくれたが、それでも人魚さん達の警戒心を一気に跳ね上げる事件だったのは間違いない。

　その事件の事は知らなかったが、サハギンさん達の集落にやってきたのは怪我の功名だったようだ。

「それと、お前達救援者がいてくれたおかげであの鮫との戦いで滅亡を免れる事ができた我々は、ゆっくりと人口を取り戻しつつある――そういえば、お前と一緒にいたエルフはどうした？　今は別行動なのか？」

　ちくり、と胸の奥が痛んだが、変に隠しても仕方がない。あの後、そのエルフのエルはハイエルフに殺されてしまった事と、そうなってしまった経緯をざっくりと話しておいた。

「――そうだったのか、済まない。辛い事を思い出させてしまったな。くそ、世の中はやっぱりそういう馬鹿が悲劇を生み出しやがるんだな……」

　仇は取ったが、エルは蘇らない。時間が経っても、やっぱり自分はハイエルフの事をこれから先も許せそうにない。表に出さないようにしているだけで、怒りと悲しみは胸の奥底でいつまでも消える事なく燻り続けるのだろう。でも、それでいいのかもしれない。昔の事だから、もうどうしようもないのだからときれいさっぱり忘れてしまう事ができないほど、エルと共に旅をした日々は楽しかったのだという証拠になるのだから。

「彼女の事は、一生忘れずにいるでしょうけど……だからといって後ろばかり見ていたら、当のエルに怒られてしまいます。そんな事にならないように自分は前を向いているので、大丈夫です。それよりも、人魚の皆さんとの待ち合わせ場所というのはもう少し先ですか？」

この話を長引かせてもしょうがない。なので話題を変える事にした。結構歩いたと思うんだが、人魚さんの姿はまだ見えない。

「ああ、もう少し先だ。あまりに近場だと見つかりやすくなるからな、我慢してくれ」

歩きとはいえこれぐらいの距離なら、リアルでも大して疲れない。だから、ただ気になっただけだから問題ない、と返事をしておいた。

それから一五分ほど歩いていくと、突如、案内役のサハギンさんが森の中に入っていく。え？　森に入るんですか？　と驚くと、道を間違えているわけではないとの事。であれば、自分はついていくだけだ。

そこから更に歩く事、一〇分前後。森の中にある小さな池の前に到着した。

「ここが目的地だ。もうすぐ人魚達もやってくるだろう。今のうちに休んでおくといい」

とサハギンさんから言われたので、横倒しになっている木に腰かける。

おそらくこの池は、地下水路で川と繋がっているんだろう。人魚さん達と、人魚さんに手を握ってもらっている人は水中でも呼吸ができるから、どれだけ水路が長かったとしても大丈夫だものな。

こんな風に見つけにくい池であれば、確かに川縁で落ち合うよりも目撃される率は大分低いな。おそらく、森に入るタイミングも毎回変えているのだと思う。

それから頬当てを外してフードを下ろした楽な状態で休憩を取りつつ、頭の上から下ろしたアクアにご飯をあげていると、池からバチャバチャという音が聞こえてきた。人魚さんの到着を告げるかのようにその音が次第に大きくなり、やがて水面から数人の人魚さんが顔を覗かせた。

「お待たせ、今日は何か連絡あるかな？」

「ああ、一名だけ人族を連れてきているので、用件を聞いてやってほしい。彼の身分は私達サハギンが保証する、我が種族を守ってくれた恩人なのだ」

そんなやり取りを経て、人魚さん達の視線が自分に集まる——と、そこにあった警戒心やこちらの事を見定めようという気持ちが一瞬で霧散したのを感じた。

「彼ならば問題はないわ。かつて赤い鯨が大暴れしたときに、私達と共に戦ってくれた勇者の一人じゃない。むしろ、久々に彼の姿を見る事ができたんだから、連れてきてくれた事にありがとうと言いたいわね」

うわあ、勇者とか背中どころか全身がかゆくなりそうなんですが。まあでも、あの赤鯨に立ち向かった人達は、全員が勇者と言ってもいいかもしれないな。あのとき倒せていなかったら、人魚さん達をはじめ海で生きる生命が今も存在していたかどうか分からないくらいに狂った強敵だった。

「それで、何の用かしら？　よっぽどの無茶でなければ聞き届けるわよ？」

という人魚さんの言葉に甘えて自分は、弓を作りたい、そのために【蒼海鋼】が必要となったので、貴方達の街で鍛冶作業をする事を許してほしい、と要望を伝えた。

すると人魚の皆さんは相談を始め、「とりあえず街まで連れていってあげる。でも、そこから先は鍛冶を担当している子と話し合ってほしい」という結論になったのだった。

それで構わないと答えると、人魚さんの一人が自分の手を取って水の中に誘ってきたので、再び頬当てをつけてフードを被り直してから、水の中に身を躍らせた。

「それでは行ってきます。案内してくれて助かりました」

立ち泳ぎで水面から顔だけ出しながらサハギンの皆さんにお礼を言えば、向こうも「なに、これぐらい大した事じゃない。海から戻ったらもう一度集落に来てくれ」と言って手を振ってくれた。

自分はそれに頷いてから、人魚さんの誘導に従って体を完全に水の中に沈めて泳ぎ始める。

やはり、この池は深い所で川と繋がっていた……というより繋げたんだな。横穴の掘り方が明らかに自然じゃない。

「じゃ、このまま海まで行くわよ。手をしっかり握っていてね」

ちなみに人魚さんに手を繋いでもらっているならば、水中でも会話が可能だ。

「了解、宜しくお願いします」

そう答えると、人魚さんは泳ぐ速度を一気に上げる。

さて、人魚達の街に行くのもこれまた久しぶりだ。あのとき共に戦った人魚さん達は元気でやっているだろうか？


「お久しぶりー……今日はどうしたの？」

人魚さんと久しぶりの海を堪能した後、以前【蒼海鋼】について教えてくれたニテララさんの鍛冶屋工房に到着した。

ちなみに、人魚の街に到着するまで戦闘の類は一切なかった。たまに鮫などが近寄ってきたが、人魚さんと挨拶を交わすとすぐに離れていったので、様子を見に来ただけだったんだろう。街に入っても、自分が赤鯨との戦いに参戦した人間だという事で嫌悪感を抱かれずに済んだ。

「もう一度、【蒼海鋼】を使わせてほしい。作るのは弓で、使うのは自分一人。誰かにその弓を譲る事もしない。以前ここで作った【蒼虎の弓】が壊れたわけじゃないんだが、あれ以上に強い弓が必要になってしまったんだ」

ニテララさんに、弓を作らなければいけない理由をかいつまんで説明する。一から十まで説明したら話が長くなりすぎる。説明を聞いたニテララさんは「納得。それは何とかしなければいけない。あのときの赤鯨のような事になってしまったら、大変」と言ってくれた。

幸い【蒼海鋼】は十分にあるそうなので、気が済むまで作ればいいと言ってくれた。ありがたい、慎重に叩いて最高の出来の物を持っていこう。

「それと、弓が完成したら一度ここに持ってきて見せてほしい。それを見て、私なりの新しい武器を生み出すきっかけとしたい。それと貴方には教えておく。あの赤鯨との戦いの後、弓を使う人魚の戦士が増えた。遠距離では弓、近距離では槍という形で運用している。間違いなく、貴方の影響がある」

そんな事をニテララさんが口にした。あの赤鯨戦で、確かに自分は水中なのに【蒼虎の弓】を使っていたから、その姿に何か感じた人魚さんがいてもおかしくはないか。アーツを使わずに遠距離攻撃を可能とする手段の一つとして欲しいと思ったんだろうな。

「了解、弓が完成したらこちらにも一度持ってこよう。ただ、ドワーフの鍛冶屋もどんな物になるか分からないと言っていたけどなぁ」

出来た弓を見せる事自体は構わない。しかし、【X弓】が更に異様な形となる事はほぼ間違いないから、そんなものを見せても参考になるのだろうか？　むしろ悪影響を与えないだろうか？　そういう思いもあるんだが、まあ今回の弓がどういう性能を持つのかは、完成させてみなければ分からない。それに、【蒼海鋼】は思念などの影響をかなり受ける。邪念や雑念は【蒼海鋼】の輝きを曇らせる事になりかねない。

「じゃ、ここを使って。以前教えた事、忘れているならもう一度教え直すけど」

ニテララさんの言葉に大丈夫ですと答えた後、息を一つ大きく吸って吐き出す——よし、心身共に落ち着いた。いくか。

【蒼海鋼】を取り出し、炉に突っ込む。【蒼海鋼】は熱した時間の長さで硬さが変わるという特性がある。弓を作るので、ある程度の柔らかさがないといけないから、熱する時間は短めだな。

熱した【蒼海鋼】を取り出し、叩き、伸ばし、弓の形に変えていく。途中からは先端を二股に変え、更に伸ばし、叩く。

だがダメだな、これは何かが違う。形はともかく、肝心な何かがこの弓の形をした物の中に入っていない事を感じる。失敗した。

(だが、久しぶりに触った素材にしては感覚を掴めている。失敗だと分かる。なら、もっと叩けばいいだけだ)

心は落ち着いている。大丈夫。体にも異常はなく、スミスハンマーを通して素材との対話もできている。修業をつけてもらったドワーフ流の鍛冶屋術は、ちゃんと身に付いている。だから、失敗したと感じる事ができた。

失敗した弓はもう一度炉に入れて、今度は矢として作り直す。無駄に捨てるような事はしない。

（よし、弓としては失敗したが、矢の素材としては成功したな。良い鏃や特殊な矢の根幹として使える。この素材は、クラネスさんと共同開発した【ブラッド・シーフ】の材料としよう）

修業の合間、以前から取り組んできた、刺さると出血を強いる矢の研究が完成していた。鏃と矢のシャフト部分を金属製にしたが、シャフト部分は中が空洞なので重量はそれほど嵩まない。細い筒みたいなイメージだ。相手に刺さった鏃が適度に砕け、獲物の体内で内出血を促す。それからシャフト内の空洞を通じてその血が外に運ばれ続ける、という仕組みだ。

安定して程よく砕ける鏃を作るのに苦戦したが、クラネスさんの知識のおかげでその問題をクリア。本来なら失敗作としてゴミ扱いされる、過熱しすぎたミスリルを用いる事で実現した。

（さて、さっきの一回で【蒼海鋼】に対する感覚もだいぶ戻ってきた。これはこの処置でいいとして、また弓製作に戻ろう）

そう考え、もう一度弓を作るべくハンマーを振るったのだが……今度は、形は良いが中身がスカスカで使い物にならない。こんな物では、今後強化したり色々な素材を乗っけて能力を付与したりしていく土台を任せられない。土台が簡単にぐらつくようでは、その上にいかに素晴らしい物を乗せても一瞬でパーになってしまう。お城の石垣のようにがっしりと、上に乗る物を支えられるような信頼感がないと。

(おかしい、自分は決して気を抜いていないし、いい加減なハンマーの振るい方もしていない。そうなると、あれか)

　自分はクラネスさんに教わった、ある事を思い出した。

◆　◆　◆

「師匠、こんな技を自分に教えてもいいのですか？　これは明らかにドワーフの秘伝なのでは……」

　修業の期間中は、クラネスさんを師匠と呼んでいた。あくまで修業期間内だけで、それ以外は師匠と呼ばないで、と言われたが。

　その修業も後半に入った頃、新しい技術を教えると言われた。それがこの鉱脈に語りかける技術だった。

　なんでも、精神力を消費する代わりに、こちらの作りたい武具に合う適切な鉱石を探し出せるという。初めて聞いたときは、本当にそんな事ができるのか？と疑いが先に立ってしまったものだ。

「私はできない事は言わない。ただ、今のドワーフでもほとんどやる人はいなくなったわ。何せ昔より技術が進んで、よっぽどの事がない限りはどの武具でも問題なく作れるようになったから……

昔は技術が進んでいないからこそ、武具に対して適切な鉱石を使うやり方が主流だったと、お爺ちゃんは言っていた――」

そう説明しながら、クラネス師匠はミスリル鉱石を両手に一つずつ持った。

「この二つのミスリル鉱石だけど、それぞれ自分で作ってほしいと思っている武器が違うの。こっちは片手剣になりたがってて、こっちは槍になりたがってるわ。もちろん希望に沿わない武器を作ってもそれなりにはなるけれど――」

そこまで言葉を紡いだクラネス師匠は、流れるような手際で、片手剣になりたがっているというミスリル鉱石を精製してインゴットを複数作り上げ、それらから片手剣と槍の穂先を生み出す。

「武器によって根本的な性能の違いがあるから、数字だけでは比べにくいかもだけれど……それでもドワーフの鍛冶技術をかじった君なら、この二つの武器の違いが分かると思う」

クラネス師匠は槍の穂先もきちんとした槍に仕立て上げた後、二つの武器を自分の前に置いた。

師匠が叩いたんだから、どちらの武器も出来栄えはさすがといった感じ――ん？

「手に持ったときの感覚が、違う？」

なんかこう、引っかかるものを感じた。そう、槍のほうから。

もう一度、今度はより慎重に武器を持ってみる。

まずは片手剣を持ち、深く深呼吸してから目を閉じて、しばらく剣を持ったまま動かない。うん、何というか落ち着く感じがする。

　お次は槍を両手で持ち、また同じようにして様子を見る。すると、チリチリとどこか引っかかる感じを覚えた。片手剣とは違って、上手く集中できない。オーケストラの中に一人だけ変な演奏をする人が交じっているような、そんな風に落ち着かないのだ。

「希望とは違う武器になったから、根っこの部分で不満を訴えている？」

　自分の言葉に、クラネス師匠は頷いた。

「理解したようね。君が今感じたその感覚がとても大事なのよ。それを感じられるように鍛えてきたんだから、分かってもらえなきゃ困るんだけど。もちろん不満を訴えていても、相応の働きはするようには打ったよ。でもね、君が作りたいと願う弓は、弓自体が不満を訴えているようじゃ絶対に完成させる事はできない。そこは断言する。上に山盛りてんこ盛りに色んな素材を乗せて馬鹿みたいな強化を図るんだ。それを支える土台がぐらついていたり、しっかりしていないなんて話にならない。分かるでしょう？」

　もちろん分かります。

「つまり、この技術を身に付けるのは必須というわけですか」

　この自分の問いかけにクラネス師匠から返ってきたのは、肯定のひと言だった。

◆　◆　◆

あのとき身に付けた技術……厳密に言えば感性は、アーツに登録されるものではなく、数字で表せるものでもない。ただただ鉱石の意思を感じ取り、その中からこちらの希望と一致する子を見つけ出す。

（さあ、教えてくれ。お前達は何になりたいんだ――？）

【蒼海鋼】のインゴットを順番に持ち上げ、意識を頭から手のひらに移すような感覚で、そう問いかける。

すると、徐々に答えが返ってきた。

剣になりたい。槍がいい、斧は嫌。絶対に騎士剣、普通の剣はお断り。ナイフ、それ以外にはなりたくない――などなど。色んな声を聴きながら、弓になりたいと願っている子を探す。

だが。

（さっきのが最後の子か。そして弓を希望する子は一人もいなかった……困ったぞ、これでは新しい弓の土台が作れない）

一応、弓になりたいと願ってはいなくても、弓になる事を嫌がっていない子ならば、それなりの物が作れる。しかし——そう、『それなり』止まりなのだ。

これはクラネスさんの修業の中で実際に体験した事であり、剣になりたい子、剣でも良いと妥協する子、そしてなりたくない子、これらの差ははっきりと出た。なりたい子から出来た剣の力を一〇とするなら、妥協する子は六と七の間。そしてなりたくない子は一未満の性能となったのだ。

（今回は妥協が許されない。生半可な子じゃ、強化途中できっと限界を迎えてしまう。仕方がない、こうなったらニテララさんに頼んで、新しい【蒼海鋼】を掘りに行くしかない）

事情を話し、今回だけはどうにかならないか？　と質問すると、ニテララさんは困った表情を浮かべた。

「事情は分かった。でも、その前に確認させてほしい。槍になりたい子はどれ？」

鉱石やインゴットと話ができるなんて、まあ最初は信じられんよな。

槍になりたいと特に強く主張していたインゴットを提示し、ニテララさんがそれを使って槍を打つ——しばらくして仕上がり、ニテララさんはその出来を確認すると、一つ大きく頷いた。

「なるほど。確かに私が普段打ち上げている槍よりも鋭く、粘り強く、そして落ち着いている。この結果を見せられてしまっては、石の声が聞こえるという貴方の言葉を私は否定する事ができない。でも、【蒼海鋼】の産地に他の種族の人を連れていく事は、今まで一度もなかった。だから、許可がいる。今からトップのところに連れていくから、話をしてほしい。許可が出れば、案内する」

許可か……してもらえるかな？　してくれなければ妥協するしかないが、それは避けたい。何とかなる事を祈るしかない、か。

10

「いいぞ、多少条件がつくが、それでもいいのならば【蒼海鋼】を掘る事を許可しよう」

発掘許可はあっさりと下りた。

赤鯨との戦いで共に戦った自分なら信用できる事。そして売りに出すのではなく、あくまで自分で使うためであった事。この二点が主な理由だとか。

もっとも、人魚達のトップはあの戦いの後に一新されており、以前の面子は視野を広げるという理由のもとに、色んな場所へ見聞を広めに行っているらしい。

「さて、その条件だが……【蒼海鋼】の採掘所に到着するまでは目隠しをさせて貰う。それと、許可が下りた事を他の誰にも喋らぬ事。この二つだ。受け入れるか？」

この問いには、二つ返事で了解の意思を伝えた。自分はあくまで弓になりたい【蒼海鋼】が欲しいのであって、採掘場所を暴いたり言いふらしたりするつもりなど端からなかった。なので、こんな条件などほぼないに等しい。

「それならば、ニテララともう一人に案内をさせる。それと、目隠しはここでしていってほしい。これを巻いてもらう」

取り出された目隠しは、分厚い包帯とでも言えばいいだろうか？　とにかくもっさりとしている。つけたときに妙にチクチクしたりしたらちょっと困るので、指先で軽く触って大丈夫である事を確認してから、人魚さんにつけてもらう。なんでも一種のまじないをかけるそうで、ここ以外で目隠しを外したらすぐに分かってしまうらしい。

「【蒼海鋼】の採掘所に到着したときのみ、この目隠しをつけていても目が見えるようになっているから、外す事は考えなくていい。こちらの信頼を裏切るような人物だとは思っていないが、念のためだ。許してほしい」

ま、世の中はそういうものだよね。信頼はしていても、一定の対策は施しておく。相手がそれで安心を得られるのなら、それでいい。そこに腹を立ててたらやっていけない。これ以上を求めるのならば、こいつになら斬り殺されても笑って許せるというレベルの友にならなきゃいけないだろう。もし一人とでもそこまでの信頼関係を結べたなら、それは一万人、いや百万人の知り合いを得るよりも素晴らしい。

「問題ありませんよ、無理を言っているのはこちらなのですから。それに、これぐらいの対策を施すのは当たり前の事かと」

トップの人魚さんが本当に申し訳なさそうな声を出すので、一応フォローしておいた。フォローになっているかどうかはちょっと微妙だけど。こちらが無理を言っているんだから、命をよこせとか全財産を渡せとか言われない限りは条件を呑むつもりだった。全財産を断るのは、クラネスさんへの報酬が支払えなくなるからだ。色々教えてもらって鍛えてもらってヒントまでもらって謝礼を払わないとか、論外にも程がある。

「――そう言ってもらえると助かる。よし、これでまじないも完成した。しばらく何も見えないから不便だろうが、そこは我慢してくれ。その代わり往復する間の安全は保証させてもらう。来たな、案内と護衛を頼むぞ」

「はーい」

「はっ！」

先の聞き覚えのある声がニテラランさん、後の凛とした返事がもう一人の人魚さんだな。

「今回護衛をさせてもらうナルテと言う。あの赤鯨と戦った勇者を護衛できるとは望外の喜びだ。短い時間ではあるが宜しく頼む」

ナルテさんね。こちらも迷惑をかけるが宜しく頼む、と返しておいた。ナルテさんの顔は帰ってきたときに見られるだろう……何となく、女性騎士っぽい雰囲気を言葉の端々から感じるんだよね。

それで大体のイメージが固まってしまったというか何というか。

「では早速参りましょう。手を繋いで先導する役目は基本的にニテララに頼みます。私は主に周囲の警戒などを行います」

との事で、自分はニテララさんの手に掴まって移動開始。

実はこの目隠しをされた途端、今までさんざんお世話になってきた《危険察知》先生が反応しなくなった。ＭＡＰも『ＮＯ　ＤＡＴＡ』とだけ表示されるようになって、周囲の状況がほとんど分からない。ただ、気配を感じる感覚だけは無事なので、万が一のときはそれで対処する事になる。ナルテさんを信じられないわけではないが、予想外の展開、事故ってのは突然やってくるものだ。

そんな風に考えていたが、道中は何も問題なく進んだ。たまにこちらにやってくる奴もいたようだが、戦いになるほど接近はしてこないようだ。普段見かけない奴がやってきたから様子見、って感じなのかもしれない。で、人魚の二人がいるからとりあえずは大丈夫だろうみたいな？

何にせよ、血なまぐさい事にならずに済むならありがたい。ナルテさんがたまに声をかけてくるが、その声にも焦りとか戦意とかって物騒な感じは含まれていない。

「もう少しで着く。我慢して」

ニテララさんの声が耳に入る。まだ我慢ってほどの時間じゃないけどな……それでも、こちらを気遣ってくれたその心遣いは嬉しい。

「分かりました。急がなくていいので、安全第一でお願いしますね」

ＡＳＡＰとかいう業界用語っぽいものがあるが、うちの会社ではあの言葉は使われない。何せうちの会社は工場だ。旋盤一つとっても下手な扱いをすれば腕一本首一本が軽くふっ飛ぶような、危険な機械を使っている。そんな場所で急げ急げ、ほら早くしろ、なんて言ってみろ。焦りからとんでもない失敗を引き起こされ、一生消えない大怪我を背負う者、下手すりゃ死人が出る。

だから、安全第一が基本であり最重要なのだ。それに、ほんの数分を短縮するために急かして事故が起きたら、時間的なロスはむしろ大きくなる。つまりなんだかんだで結局のところ、安全第一が一番仕事が早いのである。仕事はレースじゃないんだから、変にスピードを出せばいいというものじゃない。

「安全第一、良い言葉。覚えとく」

あれ、こっちにはそういう言葉はないのかな？　「ワンモア」ならＨＰ回復ポーションを飲めば怪我は治るが、それでも不要な怪我などしないほうが良いに決まっている。

そんなこんなで、ついに目的地に到着。その途端、目隠しをしているのに普段と同じように周囲が見渡せるようになった——でも、あんまり周囲をきょろきょろすると、この場所を覚えて後々こっそり鉱石を掘りに来るつもりかも、なんて不要な誤解を招くかもなので、前方の岩壁に集中する。

この岩壁が、【蒼海鋼】の鉱脈なんだろう。反応もある。

「これが【蒼海鋼】を掘るためのつるはし。使って」

そう言いながら、ニテララさんが一本のつるはしを渡してくる。ふむ、このつるはしは水中で振るっても水の抵抗を感じないものなんだろう。軽く試してみたが、感覚が地上と変わらなかった。これなら、自分にも鉱石を掘る事が十二分にできる。ただ、水中だからこまめに手を繋いでもらって呼吸しなきゃいけないけど。

「じゃ、借りるね。あと、掘る前にひと仕事あるけど……」

約束の事もある。やたらめったら掘るわけにはいかない……なので、掘り始める前に、鉱脈にどこを掘ればいいか尋ねるのだ。ついてきてくれた二人を長々と待たせないよう、早速取りかかろう。

両手を鉱脈につけて、目を閉じる。そして自分の要望を鉱脈に伝えていく。発動時はＭＰがどんどん減っていくので、できるだけ素早く終えねばならない。

(弓になりたい子は、いるかい?)

鉱脈に向けて、穏やかに思いを伝える。すると、あちこちから、

(僕は剣だから違う)

(私は槍ね)

(我は斧だ。他を当たれ)

（私はナイフがいいですわ）

といった反応が戻ってくる。残念な事に、表層にあった鉱石の中には弓になりたい子はいなかったようだ。ＭＰ回復ポーションを多少の海水ごと何とか飲み、より深い場所に呼びかけていく。

（弓になりたい子を探しているんだ、どこにいるか知らないか？）

呼びかけを続けるが、弓になりたいという返事をくれる子は見つからない。まあ、無理もない。基本的に弓ってのは木材とかで作るからな……クロスボウなんかは鉄の部分もあるが、全部が全部鉄だったら重すぎる。リアルの金属製弓だって向いている金属を加工して使っているわけで。

それでも諦めずに語りかけ続けていると、鉱脈のとても奥深い場所から反応があった。

（貴方は、誰？　私を、呼ぶの？　【蒼海鋼】なのに、弓にしかなれない落ちこぼれの私を？　やめて、私は役になんて立てない）

見つけた。やっと見つけた。だがどうする？　見つけたはいいが、あの子がいる場所は……一〇〇メートルよりもっと奥深くだった。そこまで掘ったら、明らかに過剰な掘り方だと人魚達に窘（たしな）められるのは目に見えている。それに、その途中で掘り出した鉱石達はどうする？　自分が必要としているのは、弓になりたい鉱石のみ。それ以外まで掘り出したら、人魚さん達に渡すにしても過剰だろう。

「どうした、の？」

考え事を始めた自分を心配したのか、ニテララさんが声をかけてきた。なので、欲しい鉱石が奥にあるのは分かったが、そこに到達する方法が思いつかないと告げる。下手な掘り方をしたくないという事はニテララさんやナルテさんも理解してくれた。しかし、では鉱脈を荒らさずにどうやってそこまで掘ればいいのかは、三人集まっても文殊の知恵とはいかなかった。

だが、ふとナルテさんが言った。

「そこまで掘る事ができないのなら、鉱石のほうから来てもらうわけにはいかないのか？」

いやいやいやいや！　鉱石ですから！　いくらなんでもそりゃ無茶な話ですよ……と反論しようとしたのだが——なんだか後ろが騒がしい。

振り返って音の発生源を調べてみると、鉱脈の奥のほうから聞こえるらしい。そして、音は確実にこちらに向かって近づいてきている。

「ニ、ニテララさん。今までにもこんな事が⁉」

「ない！」

自分だけではなく、ニテララさんもナルテさんもあたふたしている。それからややあって、自分達の前に大きな鉱石が一つ、鉱脈から吐き出された。変な表現だが、そうとしか言えない。

途端、音が収まり静かになった。自分は再び、鉱脈に手を当てて対話を試みた。

（一体何が？　そしてこの出てきた鉱石は？）

自分の問いかけに対し、鉱脈から帰ってきた答えは……

（こうでもしなきゃ、こいつは奥に奥に逃げてめそめそ泣き続けるだけだったからな。俺達も疲れる荒っぽいやり方だったが、外に追い出させてもらった——話しかけてくれる者が現れたのはいつ振りだろうか……そんな遠い昔の事を思い出すぐらい、語りかけ方もその手から感じる温かさもそっくりだ。あんただったら、そいつを悪いようにはしないだろう。安心しろ、そいつは俺達の中で一番弓に向いている。最上の一品を作って、言葉じゃなくて行動で、そいつにお前は役立たずではないと教えてやってくれ）

【蒼海鋼】には、まだまだ謎が多いな……ＯＫ、その期待に応えようじゃないか。この子を使って最高の弓を打つ。鍛冶に特化した人には作れない弓を打ち上げてみせる。

出てきた鉱石を掴み取り、ニテララさんとナルテさんに目的を果たした事を伝えて、人魚の街まで帰還した。

さて、今度こそ城にとっての石垣となる【蒼海鋼】の弓を打ち上げよう。

11

持ち帰ってきた鉱石からは、相変わらず「自分はダメな子だからやめといたほうが良い」なんて意思が伝わってきたが、あえて無視した。荒療治になるが、この手の子は百の説得より一の結果を見せたほうが早い。

なので早速ニテララさんの仕事場で、鉱石から製錬したインゴットを使い、弓の形へと打ち上げていく。手に持つ部分の一五センチから先は二股になるので結構手間だが、クラネスさんから訓練を受けた今の自分の腕ならやれる。

それに、弓にしかなれないという事は、裏を返せば、最高の弓を作る事ができる可能性を秘めているとも捉えられるだろう。「ワンモア」のプレイヤーでいうなら、一つの事に特化したスペシャリストだ。他の事は苦手だが、特化した系統においては他の追随を許さない。

この鉱石も、そういった面が非常に強いようだ。事実、ここまで叩いてきて、非常に作りやすい。鍛冶作業の中で弓の形をとろうとしている事が分かるや否や、まるでインゴット自体が協力してくれるかのように作業がスムーズに進む。

設計図を確認しながら、細かい作業を続ける。【X弓】なので、上下の先端が二股に分かれたパーツを二つ作り上げねばならないし、その二つにズレがあってもいけない。

加えてインゴットの量も結構ぎりぎりで、失敗しても作り直す事ができない。複数作って出来が良い物を選抜するやり方を採れないのはかなりキツいが、集中力を上げて、一発で成功させる心構えでハンマーを振り下ろす。

鍛冶場で格闘する事しばし、【蒼海鋼】を用いた、八つの先端部を持つ【X弓】がついに完成した。

【蒼海八又(そうかいやつまた)X弓(ゆみ)】
弓の製作に特化した【蒼海鋼】から作り出された金属製の狩弓。
金属製ながら信じられないほどに軽く、よくしなるので弓としての性能はとても高い。
ただ、その外見はかなり異様。
まだ未完成のようであり、ここから更なる強化を施していける。
効果：攻撃力(Atk)＋36
特殊効果：「水中抵抗無視」「拡張性高」
製作評価：8

よし、現状はこれで良い。一番肝心な『拡張性』という特殊効果がある事が一番大事だった。これが乗らないと、クラネスさんと試行錯誤して修正した設計図に従って強化していく今回の【X弓】は本当の意味で完成しない。

「どう？　上手くいったの？」

息継ぎを兼ねて握手しながら、ニテララさんの質問に「ええ、おかげさまで。お手伝いしていただいた甲斐あって、望んでいた弓が作れました」と返しておく。ニテララさんをはじめとする人魚の協力がなければ、この弓は作れなかった。もちろん、この弓の素材となった鉱石をくれたあの鉱脈にも感謝しなくてはいけないだろう。自分一人の力じゃどう足掻いても生み出せなかった一品だ。

「そう、それはよかった。で、まだ少しだけど材料が残っているから、一つお願いしたい事があるのだけれど……」

こう切り出してきたニテララさんのお願いとは、【蒼海鋼】の弓を一本、ここで作りたいとの事であった。もちろんさっき作った【蒼海八又X弓】も強化が完成したらもう一度ここに持ってくるが、弓に特化した【蒼海鋼】で弓を作り出したらどうなるのか、見てみたいらしい。

なので製作は主にニテララさんがやるが、自分にはサポート役として協力してほしいという。

「それぐらいなら構わないよ、今回お世話になっているんだし、協力させてくれ」

そんなわけで、急遽もうひと張、弓を作る事になった。素材の残りが少ないのでショートボウぐらいの大きさになってしまうが、ニテララさん曰くそのほうが良いらしい。人魚さん達はでかい弓だと取り回しに苦労するらしく、小回りの利く弓のほうが歓迎される傾向にあるとか何とか。

本職の鍛冶職人であるニテララさんだから作業はスムーズだったし、自分も多少手を貸した結果、あっさりとショートボウが完成。Ａｔｋは25だったが、『水中抵抗無視』をはじめとして『弾速強化』『貫通力強化』『アーツ消費ＭＰ二割軽減』などの特殊効果が複数ついたから、なかなかの一品だろう。小弓は取り回しの良さと手数で勝負だから一発の威力は低くてもいいし、弾速や貫通の強化が入っているから数字以上の火力が出るはずだ。

「なるほど……弓になりたい子を弓にすればここまで違う。鉱石の個体差、いい勉強になった。いつか私も見極めて、もっと良い武器を作り出す」

言葉は静かだが、ニテララさんの視線は熱い。ああ、鍛冶屋としての心に火がついたか。新たな知見を目の前で見せられて、自分でもやってみたら手ごたえが全く違うとなれば、そりゃ燃えるよね。次会うときはどれぐらい進歩しているんだろう……ちょっと楽しみだ。

「次会うとき、作品を見せてください。自分もこの弓を完成させて会いに来ますから」

そうして再会を誓う固い握手を交わした後、自分は地上へと戻った。

地上への移動は、これといった敵対存在がいないルートとの事で、ナルテさん一人だけの同行となった。その説明通り、途中で一回も戦闘は発生せずに、例の森の中にある池まで戻ってこられた。

「それでは私はこれで。またお会いできる日を楽しみにしております」

そう言い残して、ナルテさんは帰っていった。

その後、自分はサハギン族の集落に立ち寄り、無事に海から帰ってきた事を報告。そのまま立ち去ってもよかったんだが、ログアウト時間が迫ってきていたので、今日はサハギン族の集落に泊まる事にした。サハギン族の皆さんも、お前なら構わないと宿泊施設を快く開放してくれた。

「恩人に泊まっていってもらえるのは、こちらとしてもありがたい話でのう。それと、これはお願いできたらでええんじゃが……」

と、サハギンの長老様から持ちかけられたのは、鮫を相手取ったあの戦いの話を幼子に聞かせてやってほしいとの要望だった。大人達がいかに苦しみながらもサハギン族の未来のために勇敢に戦ったのか。それを他種族の口からも聞かせてほしいとの事である。

「あの戦いを全く知らずに育った幼子の中には、本当にそんな事があったのかを疑う者もおりましてな。申し訳ないのですが……」

ふむ、まあ確かに実際に見ていなきゃ、ちょっと信じられない話ではある。川いっぱいに鮫が押し寄せてきてサハギン達を襲い、川の魚を食い散らかした、なんてのは。

でも、それは実際にあった話だし、自分もその戦いに参加した一人だ。嘘を本当にあったかのように話せと言われれば困ってしまうが、本当にあった話をするだけであれば構わないか。今日の寝床も用意してもらった事だしな。

「分かりました、お受けします。ただ、どれぐらい話せばよろしいのでしょうか？　凄惨な戦いでしたから、そのまま全てを話すとなるとかなり血なまぐさい事になるのですが」

自分の質問に対し、長老は全てを話してほしいと言ってきた。包み隠さず話す事で、サハギン族の戦士がどれだけ苦しい戦いをしたのかを伝えたいのだと。

「──恥ずかしい話ですがの、近頃幼子の中には、あの戦いで重傷を負い、上手く動けなくなった元戦士を馬鹿にする空気がありましての……それを払拭したいという狙いもありますのじゃ」

なるほど、体を張って未来を守った戦士の誇りを汚すような事はあってはいけない。

「分かりました。では遠慮なく、あのときの話をする事にしましょう。今日はもう寝たいので、次起きたときという事で宜しいでしょうか？」

自分の言葉に長老が頷く。

さてと、ちょっと寄り道になるが……これは無視できない一件だからな。やっていく事にしよう。

◆　◆　◆

翌日。ログインして食事を済ませ、アクアを定位置の頭上に乗せた自分は、集落の広場にやってきた。長老と軽く打ち合わせてから、用意されていた椅子に腰かけ、サハギン族の子供達が集められるのを待つ間に、どういった流れで話をしていくかを頭の中で大体固めておく。

そうこうしているうちに子供達が数名の大人を伴って広場にやってきたので、子供達の顔を軽く見渡してから話を始めた。

「それでは、あのときの話をしましょうか。自分がこのサハギン族の集落にやってきたとき、すでにサハギン族はとてつもなく危険な状態にあった。多くの戦士がすでにボロボロで、戦線は崩壊寸前と言っても間違いじゃあなかったと思う。だが、それは無理もない話だったんだ。何せあの川……そう、今自分が指さしている方向に川があるよね？　君達が魚を獲るあの川だ。そこに信じられないほどの鮫が押し寄せてきていたんだから。ああ、うん。信じられないだろうね。気持ちは分かる。自分だって、この目で見ていなければきっと、嘘だろう？と聞き返す。あの川を底まで埋め尽くす鮫の大群がやってきたなんて」

子供達の目に疑いの色が浮かんだのが見えたので、そんな風に言葉を紡いだ。

今の言葉は嘘でもなんでもない。実際に自分の目で見なければ、到底事実とは思えない状況だった。あの海に通じる大きな川を埋め尽くすだけの鮫さめサメ……あの異様すぎる光景は忘れられない。

「だが、残念ながらこれは本当にあった事なんだ。あの川に隙間がないほどの鮫が押し寄せてきて、川にいる魚をとことん食い散らし、サハギン族の戦士すら食われていた。サハギン族の戦士は強い、だがあまりに相手の数が多すぎた。一人に対して、誇張抜きに数十匹どころか数百匹が入れ替わり立ち替わり襲ってきた。戦いが続けば、どうしたって疲れは出る。そうしてやられそうになっている戦士達のところに、自分は知り合いの戦士達六名と共にやってきた」

子供達がざわつき始めたが、それを無理に静かにさせる事はしなかった。

しばらく子供達があれこれと意見を交わした後、頃合いを見て長老がトントンと杖で地面を叩いた。その音で、子供達は徐々に口を閉ざしていく。よし、そろそろ続きを話そうか。

「自分達はサハギン族の戦士達に加勢してね、その場はひとまず撤退したんだ。撤退するっていっても簡単じゃないよ？　何せ相手は無数に押し寄せてくるんだから、相手の先頭にいる連中を上手く怯ませて、少しの間動きを止めさせなきゃいけなかった。そして何とか生き残っていた戦士達を村まで送り届けたんだが……村一番の戦士ですら深い手傷を負って帰ってきたのを見て、村中が絶望していたよ。それというのも、当時は鮫達のせいで魚が獲れないので、集落全体が餓死寸前に陥っていたから」

餓死寸前という言葉に、子供達がびくりとする。飢えってのは辛い。小さいときは特に、一食抜く事すら考えられないだろう。たまにリアルのニュースでも、子供に食事を与えない虐待なんていう痛ましい事件が伝えられる事があるが、そんな事をする奴は飢えた記憶がないんだろうか？

試しに三日ほど、一切食事と水を取らないでみるといい。なかなか素晴らしい世界が見えるぞ。そして、食事ができる事のありがたみを知れるだろう。同時に、食事をさせない事の残酷さも。

「そう、当時の戦士は鮫だけじゃない。空腹とも戦っていたんだ。当然体調なんか良いわけがない。そんな中でも彼らは敵に立ち向かった。集落の未来のために、己の命を懸ける、というよりも捨てるぐらいの気持ちで。そんな彼らを、自分達は見捨てる事なんてできなかった。だから、そのために色々と動いた。魚を手に入れてきたり、更なる援軍を集めてきたりとね。その間に戦士達は傷を癒し、腹を満たし、戦いに臨む準備を整えた」

話を始めた頃の雰囲気はすでになかった。子供達の目は真剣で、そこから先がどうなったのかを早く知りたがっている。

「そして戦いの日は来て、皆が割り振られた役割を全うすべく行動を開始した。最初はね、サハギンの戦士の皆さんを戦場に出すつもりはなかったんだよ。はっきり言おう、生き残っていた戦士の皆さんは重傷なんて言葉が可愛いぐらいの状態で、戦えるなんてとても思えなかった。その上、戦場は無数の鮫がいる異様な状態の川だ。万全な体調であってもどうなるか分からないような場所に連れていくなんて、考えられなかった。なかったんだが……そんな状態であっても戦士の皆さんは戦うと言って譲らなかった。だから参戦を受け入れたんだ」

誰かの喉がごくりと鳴ったのを、自分の耳が捉えた。よし、この調子で話を続けよう。

「もちろん援軍のエルフやダークエルフの皆さんの活躍もあったけど、サハギン戦士達の働きは凄まじかったよ。深い傷を負いながらも、鮫の大群に一歩も引く事なく戦い続けたんだから。そしてその場にいた皆の奮戦と、海からやってきた人魚さん達という予想外の援軍の助力もあって、鮫達を殲滅する事ができたんだ。今君達がそうやって健康かつ飢える事なくいられるのはね、この集落のために戦った多くの戦士がいたからなんだ。それを忘れてはいけない」

子供達は静まり返っているか。なら、このまま話を締めくくるか。

「これはかなりおおまかに纏めた話だよ。実際の戦場では大量の血が流れたし、本来は『戦った』なんてひと言にしちゃいけない辛い出来事がそこにはあった。君達はそういった先達の血と涙と、散っていった多くの命があったから、今そうして生きていられるって事を、忘れちゃいけない。もちろん極端な特別扱いをしろとは言わない。でも、彼らに敬意は持つべきだと自分は思うけどね」

敬意は持つべきだ、というひと言に、子供達はどこかばつの悪そうな表情を浮かべる。これまでの自分達を振り返ってくれたかな？　もしそれを自覚してくれたのであれば、話をした意味がある。

「サハギン族の皆さんは、人魚さんとも縁があるだろう？　それは、この戦いが一つのきっかけになっているのは間違いないだろうね。この戦いが嘘だったと言うのなら、戦ったサハギンの戦士の皆さんだけじゃない。共に戦った人族やエルフ、ダークエルフに人魚の戦士の皆さんまでをも愚弄する事になる。そこも忘れないでほしいな」

自分は話をこう締めくくった。かかった時間は短かったものの、それなりに気合を入れて話をしたが故に疲れを感じる。自分が大きく息を吐き出すと同時に、連れ添いで来ていた大人のサハギンさんが子供達を別の場所に移動させていった。話を聞いて何を思ったのか、子供達同士で話し合わせるのかもしれない。

「感謝しますぞ。集落の恩人にこんな事までさせてしまい、申し訳ない」

周囲の目がなくなったところで、長老さんが頭を下げてきた。

「これぐらいは大した事ないです。しかし、話としてはかなり短くなってしまいましたが、宜しかったでしょうか？」

自分の質問に、長老さんからは「それがかえって良かった」とのお返事。

「長くなれば、どうしても飽きてしまう子が出てきますからな。むしろ短く纏めてくださって助かりました。それに、今の話を聞いているうちに、子供達の間に流れる空気が少しずつ変わっているのを、ワシは感じましたぞ。あとはワシらが上手くやれば、子供達も戦えなくなった元戦士をなじるような真似はやめるでしょう」

それならばいい。短く纏めはしたものの、話に嘘は何一つ入れていない。立派に戦ったサハギン族の戦士に敬意が払われるべきだという意見も自分の本心だ。共に戦い、共に勝利を祝った仲間が、不当になじられている姿など見たくはない。

「戦友の役に立てたのであれば、こちらとしても嬉しいです。さて、そろそろ自分も失礼させていただきますね。また新たな戦いの気配が近づいてきていまして、その準備を整えるために各地を歩き回っている旅の途中ですので」

長老さんにこう告げ、自分はサハギン族の集落を後にした。長老さんは最後に「貴殿の旅と戦いの先に、誇りと明日があらん事を」との言葉をくれた。

さて、次はドラゴンか……念話を飛ばすのは久しぶりなんだけど、繋がってくれるかな？

12

サーズの街に入り、宿を取った自分は、レッド・ドラゴンの王様に向けて念話を飛ばしてみた。繋がってくれるかどうか不安だったのだが……

『――お前か、久しいな。して、何用だ？』

今回も無事に繋がってくれた。これが繋がらないと、これからの素材集めが始まらないからなぁ……さて、とりあえず、こちらの目的であるドラゴンの鱗を、何とか融通してもらえないか頼んでみた。もちろん鱗の使い道や、なぜそんな武具を作らなければならないかの理由も包み隠さずに話した。

『なるほどな、事情は理解した。だが、お前の要求はいち個人が持つものとしては大きすぎる。相応の理由があるのも分かるがな。故にお前の要求を叶えるためには、各ドラゴンの長老が集う場で、お前自身が全ての長に対し、鱗を欲する理由を述べる必要がある。我らの鱗は、ポンと渡せるほど安くはないのでな』

む、そう来ましたか。だが、こちらはこちらで引けぬ理由がある。それに、あの空にいる外道共の策が成って、洗脳されたプレイヤー軍団に地上を荒らし回られては、ドラゴン側も損しかないのではないだろうか？

プレイヤーはいくら殺しても死なない存在。いかに強大なドラゴンとて、戦い続ければいつかは負ける。そんな結末を迎えないためにも、その長達と話し合う場を設けてほしいところだ。

『覚悟があるというのであれば、お前を我らの住処に案内しよう。そこで話をする場を設けてやるから、各ドラゴンの長老達を説得してみせろ。我らが住処にドラゴン以外の存在が入るのは久しくなかったな……以前お前にやった鎧を作ったドワーフ以来となるか』

それはそれは光栄な事で。しかし、案内すると言われたんですけど、落ち合うときに目立ったらマズいですよね？

『そちらの準備もあるだろう。用意が出来次第、今回のように念話を飛ばせ。そうすればグリーン・ドラゴンを使いに出す。場所だが……そうだな。以前お前達がブラック・ドラゴンの長を治療した場所があったな？　あそこで待ち合わせる事にしよう。問題はあるか？』

あそこか、あそこならあまりプレイヤーも来ないから大丈夫かな？　こちらが現場に向かうときに注意すれば、他の人に見られる心配はないだろう。

『ならばよい。ではまたな』

さて、今日はログアウト。ドラゴンの長老達に会うのは明日だ。

◆◆◆

そして翌日ログインし、念のために様々な食材をアイテムボックスいっぱいまで補充。そう、念のためである、念のため。

さて、それじゃあ指定された場所までさっさと移動しますか。大半のプレイヤーは地底世界での冒険に忙しいから、移動が楽なのは助かる。

でも、途中で初心者っぽい人を結構見かけた……ＶＲ用のヘルメットがまた増産されたんだっけか。それで新規参入者が増えたんだろう。彼らにも頑張ってほしいところだ。まあ、後から始める人は効率的なレベル上げに向く場所とかの情報も手に入れやすいし、装備も一定レベルまでの物なら昔と比べて安価で手に入る。経験さえ積めば、それなりのレベルまでは先達プレイヤーよりも早く上がってくるだろう。

そんな新人プレイヤー達を横目に移動して目的地へ到着。レッド・ドラゴンの王様に念話を飛ばしたところ、すぐこちらに来るという。なんでも、グリーン・ドラゴンの中でも速度が速い奴をチョイスしたとか。周囲にモンスターや他のプレイヤーの反応はないが、念のために頭にアクアを乗せた状態で草むらの中に潜み、グリーン・ドラゴンの到着を待つ。

そうして飛んできた今回の案内役は、以前戦って倒したエメルという名の奴と比べるとかなり小柄だった。二回りほど小さいか？

「人の子よ、どこにいますか？」

グリーン・ドラゴンの呼びかけに応じ、繁みから顔を出す。その音で位置を察してこちらに顔を向けたグリーン・ドラゴンに、まずは一礼。

「アースと申します。今回はお手数をかけてしまい、申し訳ありません」

そんな風に話しかけると、グリーン・ドラゴンはペタンと頭を地面につけて姿勢を低くする。あれ、この姿って前にも見たな？　そうだ、エメルを倒したときにレッド、ブラック、ホワイトのドラゴン三匹がやったのと同じ行動だ。

「いえ、あなたには前長老が多大な迷惑をおかけいたしました。そのお詫びというわけではありませんが、新しい長老は貴方に鱗を提供する事をすでに決めています。貴方の目的は王から聞いており、その目的もドラゴンに対して牙をむく内容ではありませんでしたので……では、私にお乗りください。我らの国へご案内いたします」

声の具合からして、女性かな？　人化の術をやってもらえれば一発で分かるんだけど……ドラゴンの性別なんて、他にどうやって見分ければいいのか自分には分かりません。

まあとにかく、ここにドラゴンを長居させるわけにはいかない。さっさと乗る事にしよう。どれぐらいの速度が出るのかが分からないから、アクアを頭に乗せたままでふっ飛ばされちゃったら怖いので、胡坐（あぐら）をかいた自分の足の上に鎮座してもらう。

「宜しいですか？　では参ります」

背中に乗って体勢を整えた事を伝えると、グリーン・ドラゴンは羽ばたきながら上昇していく。そしてそれなりの高度まで上がると、ゆっくりと前進を始めた。ふむ、意外にのんびりなんだなぁ。

な～んて自分はのほほんとしていたのだが……

「そろそろ参ります、魔法でアース様の体を固定させていただきますね」

そんなグリーン・ドラゴンの声が聞こえたかと思うと、一気に加速が始まった。景色の流れる速度が新幹線よりも速いペースで上がっていく。しばらくするとアクアのトップスピードも超えたが、

まだ速度の上昇が止まらない。ちょ、この子は一体どこまで速くなるの⁉

「まだまだ参りますよ、ついてきてくださいね！」

ついてきてくださいって言われても、魔法で固定されているから強制連行みたいな感じになるんですがそこはどうなんでしょう⁉　もう周囲の景色なんてホワイトアウトしたみたいに全く見えませんよ！　あかん、口から魂とか心臓とか飛び出しそうだ！

「ふーんふっふふぅーん♪」

「ぎゃあああああ……！」

「ぴゅーーーーーーーいいいぃぃぃぃぃぃーーーーー！！！……」

ドラゴンの住処に到着するまでの間、一匹の鼻歌と、一人と一匹の悲鳴が空に響き渡りましたとさ……

「着きましたよー」

「……」

ああ、空が白い。どこまでも白いな。これが世界の真の姿なのか。

「着きましたってばー。魔法も解除してありますから降りられますよー？」

「……」

速度って、上がりすぎると世界が真っ白になるんだなぁ。あはははは。ひとつじぶんはかしこくなった。

「あれー？　具合悪くなっちゃったんでしょうか？　快適なお空の旅を提供したはずだったんですがー」

さっきからおかしいな。世界が白一色じゃなくなってる。ＶＲヘルメットの故障かなぁ？

「お待ちしておりましたぞお客じ……ほ、ホワイト・ドラゴン殿ー!!　今すぐ手当ての用意を！　お客人が意識混濁していらっしゃる！　早く、早くー！？！？」

どこからか声がする……幻聴かな。なんだか周囲が騒がしい――

「大変、大変申し訳ありませーん！！！」

意識を取り戻した自分が最初に見たものは、地面にペタリと顔と体をつけて謝罪の言葉を発している大きなグリーン・ドラゴンの姿であった。

あれ？　一体何があったんだっけ？　確かそう、迎えに来たグリーン・ドラゴンの背中に乗って飛び立った後、あまりの速度に意識がホワイトアウトして――

「迎えにやった者が、お客人の体の事を一切考えず馬鹿みたいな速度を出していたようで……お客人はこちらに到着なさったときは白目をむいておられまして。ホワイト・ドラゴンの医師殿を招いて気つけをしていただきました。お体のほうは大丈夫でしょうか」

ああ、そうか。気絶してたんだ。道理で世界が真っ白にしか見えなかったわけだ。

手足を動かして体の具合を確認し、周囲を見渡して状況を把握する。サイズが桁違いだけど、ここは洞窟の中かな？　下には毛布みたいな柔らかい物が敷かれていて、体に痛みなどはなかった。

「そうですね、手足の感覚に異常はないです。頭も、ゆっくりとですが落ち着いてきました。どうやら、自分はあのグリーン・ドラゴンさんの飛行速度に耐えられず気絶していたようですね……そういえばアクアは!?」

頭上にアクアがいない事に気がつき、大慌てで周囲を見渡すと、毛布の隅っこのほうから「ぴゅい」との返事が。よかった、アクアもちゃんとここに到着できていたか。途中で落っこちてたりしたら大変だった……まあアクアは空を飛べるから、墜落して大怪我したりって事はないだろうけど、合流するのに苦労しただろう。どれぐらいの距離をかっ飛んだのか分からない上に、ここは初めて来る場所だ。合流ポイントなんて決めようがない。

アクアの無事を確認できた事に喜びと安心のひと時を過ごした後、目の前のグリーン・ドラゴンさんこと新しい長老であるミルタさんから詳しい説明を受けた。

なんでもあの迎えに来たグリーン・ドラゴンさんは、自分達の言葉で言うならスピード狂だそう。だがその速度は魅力的なので、今回のように急ぎたい場合は重宝するのだという。しかしそれでも、今回は運ぶ存在が人族という事で……

「いいですか？　行きは全力ですが、お客人を乗せる帰りは、速度を落としてゆっくりと飛んでくるのですよ？　間違っても普段通りの速度を出してはいけませんよ？　いいですね？　聞いているんですか⁉　あくびをしているんじゃありません！」

なんて釘を刺しておいたらしい。話をあまり聞いていない様子が窺えたので、ヘッドバット付きで物理的な釘も刺しておいたとの事。しかし、どうにも刺した釘の場所が糠だったようで……言いつけを忘れたスピード狂さんは、いつも通りの速度で帰ってきてしまったのだと言う。で、あまりのGに耐えられなくなった（って事なんだと思う。そういった化学分野についてはよく分からないけど）自分は失神したというわけか。

「誠に申し訳ございません！　お望みとあれば、あの者をあなたの食材として使っていただいて構いませんので」

そんな事まで言い出す長老のミルタさん。いや、さすがにそれは……ドラゴンの肉は、確かに以前戦ったエメルを丼にして食ったりしてますけどね。さすがに敵意も何もない相手を殺して食うつもりはない。無論エメルのように殺す気満々で向かってきたら、倒した後に鱗も皮も肉も骨も根こそぎ利用し尽くすけどさ。

「ちょーっとー！　やーめーてー！　私食べても美味しくないわよー！！！？？？」

そんな声が後方から聞こえてきたので振り向くと、尻尾をぶっとい縄でぐるぐる巻きにされて、洞窟の天井からつり下げられているグリーン・ドラゴンさんが目に入った。

その頭部には、ギャグマンガでよくあるでっかいたんこぶがぽこぽこといくつも出来上がっていた。とても痛そうである。声からして、例のスピード狂さんだな。

「そもそも長老が私にヘッドバットしたせいで記憶が一部飛んじゃったんだってばー!! 長老にも一部は責任があるって私は主張しますぅー! それにこんな仕打ちをした上に無駄に硬い長老の岩頭でがっつんがっつん頭突きされたせいで、こんなにたんこぶが出来ちゃったじゃない! 人化の術を使ったときに私の美貌に影響が出たらどうしてくれるんですかー!!」

ぐわんぐわんと洞窟いっぱいに大声が反響し、非常にうるさい。反射的に耳を塞いだが、それでも容赦なく耳に入ってくる。

そんな事を叫び続けるスピード狂さんに、ミルタさんはのっしのっしと近寄っていき、目の前で止まってこうひと言。

「もっと頭突きが欲しいんですか? いいでしょう、体全体を、貴方の言う岩頭でまんべんなくじっくりと突いてあげましょう。その後、柔らかくなった貴方の体をお客人に捌(さば)いていただいて、他の長老の皆さんにご馳走する事にしましょうか」

やばい、声色(こわね)からしてミルタさんは本気で言ってる。それを察したスピード狂さんは、冷や汗を大量に流しながら静まる。その様子を見たミルタさんが立ち上がり、前足でスピード狂さんの頭部をがっしりと掴んで固定。あ、あの体勢から出るのは。

「お客人の御意見を伺いたいのに、貴方がそううるさくては話が進みません。しばらく寝てなさい！」

そんな言葉の後に、ミルタさんは容赦なく、スピード狂さんに対して頭突きを放った。その頭突きは、複数あったたんこぶを潰し……一つの馬鹿でっかいたんこぶを作り上げた。

そのデカさときたら、スピード狂さんの頭部のサイズを上回っている。リアルであのデカさのたんこぶが出来たら、異常事態と言ってもいいだろう。多分今はギャグ補正が働いているから平気だろうけど。

そんな凶悪なる頭突きを放ったミルタさんがこちらに戻ってきて、再び頭と体を地面につけた。

「あのお馬鹿の処遇は、お客人に一任します。本当に食材にされても、今回お求めになられたという鱗を全てはぎ取っていっても一向に構いません。長老権限で私が公認いたしますので」

声は穏やかなものに戻ったけど、腹の中はちっとも治まってないなこりゃ。あの馬鹿でかいたんこぶで手打ちにしましょうと言っても、おそらく引き下がらないぞ。かといって、スピード狂さんも自分を殺す気でやった事じゃないからなー、命を取るまでいくのはどうにも。鱗を出させるってのはまあいいけど、それだけじゃあ甘すぎます！って言われちゃいそうだ。

「そうですね……なら、こんな事はできるんでしょうか？」

ゲームのド○ポンにあった嫌がらせの方法を一つ、ミルタさんに聞いてみた。するとミルタさんがすぐさま了承。その案は当人が……もとい、当ドラゴンが意識を失っている間に進行した。

さて、その処遇の内容とは――

「よう、スピード狂！」

「あらスピード狂、今回もやらかしたんですって？」

「お前にぴったりな名前になってよかったじゃないか、はははははは！　愉悦を覚えるぞ！」

そう、本当の名前を取り上げられて、今後はスピード狂と呼ばれる羽目に陥ったのだ。

「みんなひどーい！　長老とお客人もひどいよー！　私の名前がこんなものになっちゃうなんてー！」

スピード狂さんは周囲の容赦ない反応に凹(へこ)んでいた。本来の名前を名乗れないというのは、かなり精神的なダメージを受けるものだったらしい。

「長老も、永遠にそのままにするわけではないと言っているだろうが。お前はもうちょっと反省しろ、お客人の意見次第では本当に首が飛んでもおかしくなかったんだからな」

他のグリーン・ドラゴンからのそんな言葉に、スピード狂さんは反論できない。実際、自分がスピード狂さんの命を要求すれば、ミルタさんは平然と差し出しただろう。

ま、いつ本来の名前に戻すかはミルタさんに一任してある。

さてと、妙な一幕が入ってしまったが……ドラゴンさん達から鱗を貰うための交渉がそろそろ始まる。気合い入れていかないとな。

13

「では、今回の集会を始める。議題は事前に知らせておいた通り、この者に対し我らの鱗や骨を授けるか否かである」

そんなブラック・ドラゴンの長老さんの宣言から、いよいよ話し合いが始まる——と思っていたのだが。

「おい、ブラック。からかうのはやめんか。今回の話を王から聞いた時点で、基本的にワシらは皆この者に協力するつもりだという意見で一致していたじゃろうが」

なんてイエロー・ドラゴンの長老の発言に、自分は「え、そうなの？」と目の前に居並ぶドラゴンの長老達を順に見回す。

「うむ、いくつかの条件を確認はするがの。その条件をお前さんが飲めば、こちらとしては快く譲るつもりなのじゃよ」

続いてブルー・ドラゴンの長老からそんなお言葉が。条件か……内容にもよるけどな。

「条件ですが、まずは作り上げた武具で我らドラゴンと戦わない事です。また、今回譲る鱗には呪いをかけて、約束を破れば武具が壊れるようにもさせていただきます。ただし、万が一こちらから戦いを仕掛けた場合は例外です。その場合は正当防衛となり、約束を破った事にはなりません。ここまではよいでしょうか？」

ホワイト・ドラゴンの長老から挙げられたこの条件は、まるで問題ない。

「それはもちろん。鱗や骨を分けていただきたいのは、あくまで戦う事になる無法者を退けたいがため」

自分の言葉に、満足そうに頷く長老達。

そもそも、こうして対話ができる相手と血を流し合いたいなんて考えない。ただの力比べとかなら別だけど。

あ、いや、力比べもしたくない。ドラゴン相手に力比べとか、エメルのときだけで十分です。

「骨については、先日寿命で長き眠りについたブルー・ドラゴンから提供する事になっておる。当人にもこの事を確認して許可を得ているから、心配しなくてよい。だが、【天鱗】はそう簡単に譲れん。故にお前には少し働いてもらう事になるが、よいか？　お前達の言う、クエストなるものと考えてもらえばいい」

まあ、そう来るよね。

何かを妥協すればそれだけ戦いが苦しくなるってのが、装備品に関するお約束。だからどんなMMOでも、多くのプレイヤーが装備の更新と強化に大金を注ぎ込むんだ。特に、いわゆる過剰強化をした事のある人なら分かるだろう。失敗すると性能が落ちたり、装備そのものが消失したりする危険を理解していても、成功すれば同じ装備とは思えない性能を発揮するようになるから挑まなくてはいけない、あの魔界を。

「分かりました。内容にもよりますが、よほど無茶な内容でなければ引き受けます」

自分の返答に、満足そうにもう一度大きく頷く長老達。さて、あとは何を言われるのだろう？

「そして、最後に。これからあの連中と戦う事を決めたお前には、我らの歴史の一部を聞いてもらう必要がある。時間がかかるが、お前にも有益な面があるはずだ。どうだ？」

と、レッド・ドラゴンの王様から最後の条件が提示された。話、か。聞くだけでいいのなら構わない。時間は……あと一時間ならば大丈夫か。

「分かりました、伺います。時間も大丈夫ですので、今からでも構いません」

自分が了承した事で、話が始まった。

それは、今からずっと昔。かつてドラゴン同士の争いがあり、レッド・ドラゴンを王族とする体系が決まってから、しばらく経った頃。今からざっと一万年以上前の話となるらしい。

この時代のドラゴン達は比較的穏やかな生活を送っていたようだが、それに水を差したのが自分も敵視しているあの有翼人達らしい。有翼人は身体能力がかなり高いが、さすがにドラゴンに勝てるレベルではなかった。だが、それでも空に住む有翼人が攻めてきた理由は、奴らが作り上げた『マシーン』なる存在にあった。

その『マシーン』の性能は高く、ドラゴンのブレス攻撃にも耐え、踏まれても多少変形するぐらいで、真っ向勝負だとドラゴンであっても壊すのはひと苦労だったらしい。当初のままの勢いで戦いが続けば、ドラゴン側が敗北して有翼人の奴隷にされていた可能性もあった。

が、有翼人達も一枚岩ではなかった。こういった侵略行為を嫌う一派も存在し、密かにドラゴン達に接触。陰ながら助力していた。

だがしかし、その行為が主流派にバレて、大半が拘束され容赦なく処された。

それでも、拘束を免れた僅かな者達が『マシーン』に人工的な心を付与する事に成功。リアルで言うなら特殊ＡＩ搭載機って感じだろうか？　とにかく、『心』を持った反戦派の『マシーン』達はドラゴンと共闘し、ドラゴン達に『マシーン』の弱点を暴露。『マシーンVSマシーン』となった上に、この戦いを聞きつけて参戦した龍族（この時代は人型ではなく、全てが龍神のような長い体を持つ東洋風の姿だったそうだ）という新しい戦力も加わった事で、状況は一変した。

多数の犠牲を出しながらも、最終的にドラゴン達地上側は有翼人の『マシーン』の駆逐に成功する。しかし、一部を除いた『マシーン』の大半は、遠隔操作をされていたのだった。このままでは再び攻め込まれると考えた地上側は、動ける者全員で空に上がって有翼人達の本拠地を襲撃、『マシーン』を生み出していた施設を破壊した。その際は有翼人達の反撃も激しく、地上側にも更に多くの犠牲が出たそうだ。

とはいえ、再度の地上侵攻などできないくらいに十分な痛手を与えたと地上側は判断し、撤収する事に決めた。

しかし有翼人達は滅んだわけではないし、『マシーン』達から奴らの肉体は、全盛期まで成長した後は老いがないという情報が伝えられていた。

このまま何もせずに地上へ引きあげるのは不安が残る。そこで、立候補したドラゴン族の一部と大破を免れた『マシーン』が、分散して空に浮かぶ島に残る事になったのだった——

「この話はドラゴン族に代々伝えられていてな、私も祖父から教わった。その祖父もすでに老衰でこの世にいない……いつかまた有翼人共が愚かな事を考え始めるときのために備えておけ、それが祖父の口癖の一つであった。そして、再び戦うときが来たのだろう。だから、同じ敵と戦う同志としてお前に協力する事になったのだ」

そんな歴史があったのか。しかしそうなると一つ確認しておくべき事が。

「すみません、一つだけ質問が。今の有翼人達は、どうも洗脳という技術を確立しているらしいのですが……それへの対抗策はありますか？」

自分がもたらしたこの情報は、話し合いの場を大きく揺るがした。どうも過去の戦いでは用いていなかったらしく、長老達の間に動揺が広がる。

「それは、真か？」

ブラック・ドラゴンの長老からの問いかけに、自分が「残念ながら……過去に洗脳攻撃を受けた魔王様もいらっしゃいます」と返答すると、更にざわめきが大きくなる。

と、レッド・ドラゴンの王様が持ち上げた右前脚を地面に叩きつけて大きな音を響かせ、動揺を鎮める。

「対策もなしで、お前が戦いに行くとは思えん。何か対抗策があるのだろう？」

自分はレッド・ドラゴンの王様に、その洗脳を受けた過去の魔王様が最後の意地で自らの身を金属に変えた事、その金属を加工して洗脳に対抗できる装備を現魔王様が作っている事を伝える。

それを聞いたレッド・ドラゴンの王様はしばし目を閉じ、それからグリーン・ドラゴンの長老に指示を飛ばす。

「これは世界の一大事だ。魔王殿のもとに使者を飛ばし、その装備を我らの分も都合できないか……もしくは身に付けた魔族の者と共闘できないか交渉せよ。向こうが受けるというのであれば、我らの歴史を伝えて情報を渡せ。奴らが再び侵略を考えたとなれば、あの当時の強さに並ぶ強さを持つ、一定レベルの『マシーン』を再び作り出せると考えねばなるまい」

待てよ、その『マシーン』って、ドワーフの皆さんが戦っている『命を収穫する者』達の事じゃないのか？　特にあの騎士の下半身がバイクだった事から、人工物の可能性が高いと踏んでいたが……そう考えた自分は、今の地底世界の情勢や、命を収穫する者との戦いの経験を、レッド・ドラゴンの王様に伝える。

「何という事だ！　間違いない、そいつらが新しい『マシーン』だ！　おそらく、今送り込んでいるのは素材などをケチった粗悪品だろうが、それは戦闘経験を積ませて本命を強化する事が狙いだからだろう！　祖父も言っていた、奴らは戦えば戦うほどにこちらの動きを覚えて強くなると！奴らめ、今回は最小の被害で情報を得て——あらゆる経験を持たせた本命を動かすつもりか！」

厄介な事実が次々と浮かび上がってきた。こうなると、何がなんでもドラゴン達の鱗を貰い、武器を強くして鎧を修復しなければ。

「厄介な事になっているのは分かったが、それはそれとして話をもう少し続けるぞ。かつて祖父達が『マシーン』共と戦ったとき、使っていた物がある。今は骨董品(こっとうひん)扱いで保管してあるのだが、先程言った【天鱗】を与える代わりにお前に頼みたい事とは、その修復なのだ」

レッド・ドラゴンの王様の言葉に続いて、一匹のブルー・ドラゴンが何かデカい箱を運んできた。その箱が開かれ、中から出てきた物は……でかいツメと、ドラゴンの頭がすっぽりと覆えるサイズの兜……なるほど、これはドラゴン用の武具だ。だが、かなり破損が激しい。このままではとてもじゃないが使い物にならないだろう。

「見てもらえば分かるだろうが、それらは我らの祖父達が使った、ドラゴンの急所を守り攻撃力を高める武具だ。が、今はもう半壊していて使い物にならない。それでも保管しておいたのは、先に語った歴史を忘れないようにするためであったのだが……再びこれらを使う時が来たのだろう。しかし、我らにはこれらを修復する技術がない。お前にはこの武具をドワーフのもとに運び、再び使えるようにしてきてほしい。これが【天鱗】を渡す条件だ、受けてもらえるか？」

受けない理由はないな。ドラゴン達の戦闘能力強化も図れるのなら、こちらからお願いしてでもやる。有翼人共の戦闘能力は未知数だ。魔剣の世界で霜点さんと共に戦ったときは、自分の攻撃じゃかすり傷一つ負わせる事ができず、逃げ出すしかなかった。あの防御を破れる可能性は、一つでも増やしておきたい。

「この依頼、受けます。魔剣の記憶が自分に教えてくれました、あいつらは手ごわい。事前にできる事は全てやっておかなければ、一方的にやられる可能性も否定できません」

武具を少し触らせてもらったりして確認したのだが、素材はおそらく良質のミスリルだ。これなら、クラネスさんのところに持ち込んで二人でかかれば何とかなる。

「そうか、ならばお前には我らドラゴンの【天鱗】を授けよう。その弓を限界まで鍛え上げる素材として使うがよい。更に一億グローを渡す。これは我らの武具の修繕費だ、もし足りなければ遠慮せずに言え。負けてしまえば、金などいくら溜め込んでいても仕方がないからな」

レッド・ドラゴンの王様の言葉とほぼ同時に、各ドラゴンの長老達から鱗が飛んできて自分の手の中に納まった。それらは分厚く、硬くて軽く、形は小さなピラミッドと形容するのが一番しっくりくる。これが、【天鱗】というものか。持っている事を知られたら、間違いなく鍛冶屋プレイヤーから「売ってくれ！」の大合唱を聞かされるだろう。そんな事にならないよう、しっかりと口にチャックをしておかないとダメだな。

「それと、これも渡しておく。これは加工したりせず、ずっと持っておけ。いずれ空に残ったドラゴン達と出会ったときに、お前がドラゴンと友好的な人物で、共闘しているのだという事を示す証拠となる」

続けて手元に飛んできたのは、ドラゴンの鱗としてはかなり小さな、ダイヤ形をした赤い鱗。その色からして、レッド・ドラゴン由来の物であるとは分かるが……

「今渡したのは、【心鱗（しんりん）】という、心臓の一番近くに生える鱗よ。傷のない心鱗を手に入れる事は、ドラゴン自身から譲り受けなければ不可能。そのため、それを持つ者がドラゴンと友誼を結んでいる証拠となるのだ。それを空のドラゴンに見せれば、争いになる事なく話し合いの場を持てよう」

そんな意味がある鱗なのか。表面がつるっとしていて輝きを放っており、言われなければ鱗というより宝石に見えるな。宝石に詳しいわけじゃないが、とても美しい。これはもう、一種の芸術品だ。

「空に残ったドラゴンは、見た目からして我々と異なる。鱗を持たず、体が長い毛に覆われている。しかしその毛は敵対する者に対しては針にも剣にもなり、護ると決めた者には柔らかな温もりを与える。だから攻撃や防御において、地上にいる我らと比べても劣るところはない。空は凍えるが、あやつらはその毛のおかげで寒さに強い。故に空に残るのには最も適任であったのだな。あやつら自身、それを理解していた」

ふうむ、もっふもふのドラゴンですか。会うのが楽しみだなぁ。それに、この【心鱗】で敵対する可能性が減ってくれるというのもありがたい。回復アイテムとかが現地で調達できない可能性もあるから、空での戦いは有翼人連中のみに集中したいからね。

どうやってプレイヤーが空に行くのかはまだ不透明だけど、連中の本拠地が空にあるのなら、長距離飛行の手段は多いほうが乗り込むときに融通が利く。だから、そういう意味でも飛行能力があるドラゴンと友好的になっておきたい。

「分かりました、空に上がった後はそのドラゴンの皆さんと接触し、共闘する態勢を作り上げたいと思います」

空に上がれば味方は少ない。それが当初の認識だったのだが、こうして仲間、もしくは共闘できる可能性がある存在が増えていくのは助かる。魔族としても、ドラゴンとの共闘は悪い話じゃないだろうし。この世界を旅してきて、今までに色々とあったが、その色々な縁の結果がここで一気に繋がってきた感じだな。

「そうしてくれ。我らも機を見て出撃するが、我々が空に乗り込めばそれはすなわち一大決戦の始まりとなるだろう。その前にできるだけ様々な情報を集めてくれるとありがたい。難しい事だとは思うが、頼むぞ」

人化できるグリーン・ドラゴンを除いて、ドラゴンのサイズじゃ出撃がバレるのはどうしようもないよね。当然有翼人達も過去の出来事をきれいさっぱり忘れてはいないだろうし……むしろ忘れていないからこそ、手ごわい敵を洗脳して手駒とする事を考えついた、と見るべきか。有翼人は魔王様を洗脳する事で、何らかのデータを得ていたのだろう。

そのデータの内容は分からないし、何ができるようになったのかも予想がつかない。ただ一つだけ予想できるのは、ろくでもない悪事をやるつもりなんだろう、という事だ。

「ええ、こちらとしてもあちこち動いて、対抗手段を一つでも増やせるよう試みるつもりです。奴らの企みは何としてでも阻止しなければ」

お互いの意志を確認したところで、話し合いは終わった——終わったのだが。

「では済まんが、何か食わせてくれぬか。やはり料理は良い、食事が楽しみになる」

そんな事をイエロー・ドラゴンの長老が切り出した。その発言に、他の長老も乗っかってくる。

「作ってくれれば、相応の礼はさせてもらう。だから、頼めぬか」

とはブラック・ドラゴンの長老の言。

まあ、こう言われてもいいように、各種調味料をそれなりに蓄えておいた。

そしてやっぱり出てくるブル・フォルスの肉。この肉はちょっと焼くだけで最高のステーキになってしまうお手軽な食材とはいえ、一品だけじゃあいくらなんでも物足りない。なので持ってきた材料でスープやチャーハンなどを作って出す。

「むう、やはり美味い！　人の作るメシはやはり良いのう！」

涙を流しながら料理を食べるイエロー・ドラゴンの長老。ブル・フォルスの肉は焼き加減をレアにしたステーキ。そこに軽く香辛料を振ってからフランベしただけなんだが、それでも生肉とは雲泥の差のようだな。

なお、レアってのは完全な生じゃなくって、ある程度火の入った状態を指し、生焼けというわけではない。焼く時間とフランベのタイミングには細心の注意を払って仕上げた。

「いやいや、これはただ作り方を覚えればできるというものじゃなかろうに。この香りも素晴らしいぞ」

ブルー・ドラゴンの長老はゆっくりと味わって食べている。

「むう、とはいえこれを味わってしまうと、部下には料理を何かしら覚えてほしいという欲が出てきてしまいますね。壁は高い上に多いでしょうが、それでも本気で検討してみましょうか……？」

これはグリーン・ドラゴンの長老。そういえばずっと前に、グリーン・ドラゴンに飯を作って食わせた事があったけど……彼はどうしているんだろう？

「美味しいです！　ああ、本当に美味しいです！」

笑顔で食べているのはレッド・ドラゴンの王女様。以前自分のもとに誰にも伝えずやってきちゃったあの子だ。降って湧いた幸運に喜びが溢れた様子で、パクパク食べている。

その一方で、レッド・ドラゴンの王夫妻は無言で食べている。食は進んでいる様子なので、不味(まず)いわけではないようだが。何か不満があるのかねえ？

何にせよ、素材や情報、共闘など多くを得た訪問となったな。あとは帰るだけなんだけど……またグリーン・ドラゴンに乗らなきゃいけないのかな……？

生産は）生産者関係掲示板 No.558（縁の下の力持ち！

144: 名もなき生産者 ID:221432dew

地底世界があれだけ進んだって、
俺ら生産系プレイヤーの大半は地上にいるんだろうなぁ
鍛冶屋とかは向こうに行ってるだろうけど

145: 名もなき生産者 ID:e52wefEf X

いや、料理人もかなり潜ってるぞ
食材は結構豊富にあるし
ただ栽培方法がプラントっぽいけどな……

146: 名もなき生産者 ID:WDwe2erdd

農業メインの人なんかには魅力がないね
行ったってやる事ないし

147: 名もなき生産者 ID:Gers2GR5w

農業と言えば、最近大きな発表があったよな
栽培の手間と時間がかかるけど、
天然の薬草が持つ回復力の八割まで追いついた薬草が、
いよいよ栽培され始めたって

148: 名もなき生産者 ID:RHEre2Ew8

あれは、農業プレイヤーに妖精族、
更にエルフと魔族の皆さんが集まって色々やった結果、
ようやく生まれた一品だね
回復力は天然ものに迫りつつあるけど……
まだ生産性が高くない
一般市場に流れるには、
もうちょっとお時間を頂きたいなってところ

149: 名もなき生産者 ID:WADwqkdFe
天然の薬草がガタ減りしてポーションの効能が落ちてからは
冗談抜きにキツかったな
大変だろうとは思うが、期待して待ってる

150: 名もなき生産者 ID:rg52g8EgM
回復魔法じゃどうしようもないって展開は多いからね
やっぱりどれだけ成長したって、いざというときのポーションは必須

151: 名もなき生産者 ID:Oufoi2hYT
それ以外だと、やっぱりミスリルをはじめ鉱石の研究がずいぶん進んで
良い装備が出回るようになってきたね
特殊能力付きはもちろん、ミスリルの魔剣も生産されてるし

152: 名もなき生産者 ID:WEFwqr2Fw
ミスリルは製作に多くの手間がかかる分、出来上がった装備はピカイチだ
過去のイベントでドラゴンの鱗が出たが、
あれを未だに温存していた一部の層が、
ミスリルと組み合わせて新たな魔剣を生み出してる

153: 名もなき生産者 ID:ITjd2UIr7
ずーっと前のイベントアイテムを今までとっておくとか、一部すぎるw
大抵はレッサードラゴンの鱗や革を使ってるね
それでも十分強いから、魔剣の乗り換えに悩む人は多い

154: 名もなき生産者 ID:OIYUfgd1e
魔剣はなぁ、当たり外れがあるんだよね
魔剣の世界？とやらに行けて、
そこで出される課題をクリアすると更なる進化が起こるから、
迂闊に乗り換えられない

155: 名もなき生産者 ID:ERWTewag3
話がズレてきたから軌道修正するけど……
正直地底世界はあまり生産者にとって旨みがなかったなーってのが本音
鍛冶屋は輝いているけど、木工とか革とかのプレイヤーは全滅でしょ？
コログゥ？　だっけ？　そんな奴が地下にいるけど、
アイツを狩ったりアイツの革とかで作った装備を身につけたりしてると、
ドワーフが敵対存在になっちまうから

156: 名もなき生産者 ID:EFweq5fWE
街に入るときだけ装備を解除しててもダメな
なんかよく分からんが、匂いがするとか言われて追い出されるらしい
一回でも敵対して倒しちゃうとダメっぽい？
とにかく、ドワーフを敵に回す価値のある革じゃないようだからね、
データ見ても

157: 名もなき生産者 ID:Gewfa2Gve
だから、そういう人達は地底世界に行く理由が観光くらいしかない
まあ綿花とか作ってるから、裁縫系ならまだ多少需要があるけど……
ホントに多少だから、行く動機としては弱すぎる

158: 名もなき生産者 ID:LYTtfgh24
冒険の舞台としては良いみたいだけどね
色々地上じゃ見られない物がいっぱいあるようで

159: 名もなき生産者 ID:krvv56v21
ただ、物つくりには色々と向いてない

160: 名もなき生産者 ID:2ltfr9vfe
それがなー……ホント生産者にはあまり関係のないアプデですわ
全くないとは言わないけど

161: 名もなき生産者 ID:EAe2Rwr1f
ミスリルとかを活かせるか活かせないかで、
地底世界の評価は真っ二つだよね
活かせないスキル構成だと、本当に何にも変化ない

162: 名もなき生産者 ID:e8sfs6df4
戦闘職はそういう悩みはなさそうだよねー
新しい場所が出てくれば新しい冒険が待ってるわけだし

163: 名もなき生産者 ID:CSasef3d6
しかしその戦闘職も、生産者がいないとやっていけない
一部には自分の使う武具を自分で作る人もいるけどさ、
それは例外って事で

164: 名もなき生産者 ID:EFeaf23ed
そして、その戦闘職が持ち込んだ素材でこちらが新しい物を作る
お互いに持ちつ持たれつなんだけど、
今回はそのバランスがちょっと狂ってる感じ
出てくるモンスター？もメカっぽい奴らばっかりで、
ドロップアイテムも金属系オンリーと来たもんだ
これじゃ金属関連を扱う奴以外は、ねえ？

165: 名もなき生産者 ID:adsag68ge
しかしそのおかげで、農業をやる時間がたっぷりとれた結果が、
先の新種薬草の開発成功に繋がってるわけですよ
良いか悪いかは何とも言えないけど、それもまた現実

166: 名もなき生産者 ID:Oyf23gr X w9
要は視点を少し変えるって事だな？
新しい物がないなら、今までの物を改めて研究する時間にあてると

167: 名もなき生産者 ID:Hsg7gEf3wf

そのほうが、グダグダ運営に文句言い続けるよりよっぽど建設的だしな
更に言えば、ゲームを作り出してるのは開発でしょ？
で、運営はそれらを滞りなく進行させるのが仕事だろうから、
運営にゲームバランス云々を言っても対処できんよね？

168: 名もなき生産者 ID:EWRGFeraw5

まあ無意味じゃないでしょ。運営から開発に意見が送られるだろうし
ただ単に「運営何とかしろ」と言われても困っちゃうだろうけど

169: 名もなき生産者 ID:REGr5f4 X fV

ま、ある程度言いたい事を言い終わったら、
針持つなり鍬もつなりしたほうが良いって事には同意
リアルじゃ絶対にできないスローライフが、ゲームならできる！
リアルの農家は、スローライフという言葉とは引退するまで縁がない！
種植えて肥料やって収穫するだけ、なわけないだろう！
害虫に天候に病気！　休む暇がねえ

170: 名もなき生産者 ID:KDFSTbt32E

うわあ、重いお言葉。でも、農業って大変だよね
ひと口に肥料って言っても、軽く調べるだけで種類が山ほどあるんだよ
マジで勉強しないと、農家は務まらねえ

171: 名もなき生産者 ID:RHgsrg6eFv

農家がスローライフなんてのは、やった事ない人の一方的なイメージか……

172: 名もなき生産者 ID:GRarg23gQ X

ぶっちゃけ、生きてる以上は完全なスローライフなんて無理だぜ？
だからこういうゲームに癒しを求めるんじゃないですか
（ただいま鎌を研いでます）

173: 名もなき生産者 ID:ERGas2VEtv

音声入力可能とは分かってるけどさ、
刃物研ぎながら書き込まれるとちょっと怖い（苦笑

174: 名もなき生産者 ID:EFIf2jger3

手を切るなよー
しっかりダメージ入るからな

175: 名もなき生産者 ID:FVawrg2g

でもさ、名前が売れるとゲームでも忙しいのですが！
明日の料理の！　仕込みが！　まだまだ終わらねえ！
大量に仕込まなきゃならんから、料理のアーツ使っても時間がかかる

176: 名もなき生産者 ID:SRGsgz254

食べ物は食べるとなくなる消え物だからねー
仕事はなくならんよね
もちろん一定の味と効果が発揮できなきゃ、今度は仕事がなくなりますが

177: 名もなき生産者 ID:Kfgnddgf2

新規参入者のほとんどは、料理しないね
してもあくまで現地調達した食材を食えるようにするためで、
お店を出すって考えはない

178: 名もなき生産者 ID:IFDTHbt23

そこは仕方がない
もう固定客がついたお店でいっぱいだし……
どうやってこんなうまい飯作ってるの？　って聞きたくなる料理も
わんさかあるし
それに、プレイヤーだけでなく「ワンモア」の住民にも人気があると
175 の人みたいに仕込みが大変な現状を知っちゃうとね

179: 名もなき生産者 ID:Jsh25hbEW
それでも、知り合いの戦闘職の人の間では
「現地で料理ができる奴が一人いるとすごい助かる。
持ち込みじゃなくて現地で作った料理じゃないと、
解除されるまでに時間がかかる状態異常とかも時々あるし」
って意見が根強いんだけどね

180: 名もなき生産者 ID:Hraegh5f5
野菜や肉をとったその場で料理して食うってのは、やると楽しいよな
釣りギルドと連合したキャンプで、魚や肉をその場で調理して
大勢で食った事もあったが、やっぱり普段の飯とは違うって感じたし

181: 名もなき生産者 ID:JTsrg2wFw
あー、分かる気がする。生産者はあんまりやる事ないけどね～

182: 名もなき生産者 ID:AWDFEeqfZ
俺は逆に結構多いな
知り合いと一緒に採集に行って、空腹になったら
俺がその場で採った素材と戦闘職が狩ってきた肉で即興料理を作って食う
美味いんだなこれが
ちゃんと料理スキルを上げてるから美味いもんが出来るし、
知り合いにも喜ばれるしで、楽しいぜ？

183: 名もなき生産者 ID: X WEQD2dwF
街じゃ味わう事ができない空気だなぁ

184: 名もなき生産者 ID:RDGrfw23e
「ワンモア」の料理システムと味覚のシステム作った人を、俺は評価したい
おかげでリアルの暴飲暴食癖を発散できて体重が減って、
健康診断の数値が改善されたし

185: 名もなき生産者 ID:ldu32uurW

あー、この手の話もよく聞くな
「ワンモア」で食う事でリアルの食欲が抑えられて健康になったって
ただ、リアルの飯が味気なくなったって意見もちょいちょいあるけど

186: 名もなき生産者 ID:S X X w2d5fV

どんなものにも一長一短はあるか
そのどっちかを見ての一方的な批判はやめてほしいよなー

14

ドラゴンの住処から帰る手段も、グリーン・ドラゴンだった。だが、来たときとは別の方が送ってくれたので、世界がホワイトアウトする事がなかったのは助かった。

アクアの飛行速度も速いが、まっすぐに飛ぶ事に限定するならばグリーン・ドラゴンが二枚ほど上だろう。その代わり、小回りの利き具合はアクアのほうが圧倒的に上なので、戦闘ではアクアに軍配が上がるかな。ただしこれはあくまで機動性の話で、ドラゴンとアクア自体の戦闘能力は別だ。

ドラゴンにとって大半の相手は突撃して踏み潰せば終わっちゃうし、アクアだって機動力がある重戦車という矛盾した存在だから、比較は難しいが。

「それでは依頼のほう、宜しくお願いします」

人気(ひとけ)のない龍の国近くまで送ってもらい、別れ際にそう言われたので、頷きをもって返答し、帰っていくグリーン・ドラゴンを見送る。

依頼が完了したら、レッド・ドラゴンの王様に念話を送れば、迎えが来てくれる事になっている。

だがその前に、弓作りに必要な残りの素材を集めなければ。次は最後となる、龍の鱗だな。これが手に入ったら、クラネスさんのもとに戻ろう。

程よい大きさになってもらったアクアに乗って、龍の国に入国。一が武を越えて二が武へ。そしてお風呂が大きいあの宿に行って部屋を確保してログアウト。かなり長いログイン時間になってしまった。明日は起きるのが辛そうだ——

その予想はしっかり当たる事になった。寝坊が原因で遅刻ギリギリという、社会人としては褒められない結果に。周囲からは珍しいなと言われてしまった。
そんな日であったが、仕事は無事に終えて再びログイン。今日は龍城に向かい、龍神様のいるあの空間に入る許可を得る事を第一の目標とする。許可が下りれば、早速鱗を貰う交渉をする事にしよう。
その途中で、三が武の長老様の屋敷に立ち寄り、雨龍さんと砂龍さんの社の前に立って拝む——あのお二人はきっと、龍神様かそれに近い存在だと思う。雨龍さんが妖精国とゲヘナクロスとの戦争の際に見せたあの姿は、かつて自分がゴロウさんと共に対峙した龍神と似ていた。
だから今回はスルーする事なくお参りをしたわけなのだが……まさか社の中から雨龍さんと砂龍

さんが現れるとは予想していなかった。

「アースか、久しいな。何か用事か？」

砂龍さんからこう問いかけられたが、少し時間に余裕があったのでお参りに来ただけと伝えると、お二人——本来神様は『柱（はしら）』と数えるのだが、今は人としてカウントさせてもらう——は少々がっかりした様子を見せた。なぜに？

「そうか、てっきりもう一度わらわ達に稽古（けいこ）をつけてほしいと頼みに来たのかと思ったのだが」

雨龍さんの言葉に、自分の中で「待てよ？」という声がした。

今の自分は以前よりスキルレベルが上がったし、経験を積んでプレイヤースキル的にも成長できているはずだ。なら、弓の製作やドラゴンの武具の修繕などの用事が終わった後で、再び修業をしてもらうというのは悪くない話ではないだろうか？　そうすれば、もっと自分は強くなれるはず。その修業の後、エルフの蹴りの師匠のもとを訪れるとか、『痛風（つうふう）の洞窟』の奥にある闘技場に再び向かって、そこの猛者に揉んでもらうのもアリか。たとえスキルレベルの成長はなくても、プレイヤースキル的な成長に天井はないはずだ。自分自身でここが限界だと決めつけない限りは。

「今は、どうしてもやらなければならない事がありまして。修業のほうはそれらがひと区切りついたらお願いしたいですね」

この自分の説明に、お二人が興味を持った。なので、三が武の長老様に頼んで人払いをしてもらい、更に自分の《危険察知》をはじめとしたスキルを駆使して周囲に人がいない事を入念に確認。しかる後に、今起きている事態とそれにどう対処するか。そしてその対処法を確立するために各地を回っていると、お二人に話した。

「そんな事になっておったのか。それならば先に武具を調えねばならぬのう。しかし、あのドラゴンが武具を纏わなければならぬ相手、か……」

雨龍さんがそんな言葉を呟いて考え込む。一方の砂龍さんは、自分が話している途中から完全に目を閉じて、思考する体勢に入っていた。正座をし、腕を組むその姿は、いかにも武人といった雰囲気を醸し出している。

「ええ、そのためどうしても龍神様のもとに向かい、助力を仰ぎたいのです。先程も申し上げましたが、龍神様の鱗があと一枚必要ですので」

まあ、とんでもない要求だってのは理解している。自分だってただ強い武器が欲しいというのであれば、こんな事を願うつもりはない。だが、今回は事態が事態だからそんな遠慮はできない。今回だけは、龍神様にこちらの要望を何とかして呑んでもらわなければならない。龍神様だって、自分の国にプレイヤー達で結成された洗脳不死者部隊という脅威が攻めてくるのを良しとするはずがないから、多分いけると思うのだが。

「――アースよ。ここから先、事態が落ち着くまで我が同行させてもらう。この事態は見過ごせぬ。

龍の指輪がない故に真の姿で戦う事はできぬが、それでも大抵の者は蹴散らしてみせよう。それに同行していたほうが、いつでも修業ができよう」

　目を開いた砂龍さんは、そんな事を申し出てきた。

　そうだな、砂龍さんは人の姿であっても十分に強い。いや、自分が砂龍さんの強さを測ろうなんて考え自体がおこがましいくらいだ。今回は絶対に負けられない戦いとなる。使えるものは全て使うと決めている以上、この申し出を断るという選択肢はない。

「そうじゃな、わらわも手を貸そう。現時点で大々的に龍が動けば、空にいるあやつらもさすがに感づく。それは上手くない。だからこそドラゴン共も今はいつも通りにしているのだろうて。そのドラゴン達の思惑を、わらわ達がぶち壊すわけにはいかん。幸い砂龍にしろわらわにしろ、見た目は他の龍人と変わりない。アースに同行していても、奴らが気づく事はなかろう」

　おっと、雨龍さんも来てくれるのか。援軍は大歓迎ですよ、今回の相手はとにかく天辺が見えない上に、一緒に立ち向かう味方がどうしても少ないからな。こうした助力は本当に助かる。

「ありがとうございます。今回の戦は、負ければ悲惨な結末しか待っておりません。地上に住む人々を、自分達の娯楽に使うような鬼畜共が相手ですから」

　自分の言葉に、雨龍さんと砂龍さんが頷く。よし、いい意味で予想外の助っ人をゲットだ！　このお二人が参戦するだけでもかなり状況が好転する。

「では、ここに長居するわけにもいくまい。さっさと龍城に行き、龍神様とのお目通りが叶う日を龍稀(りゅうけ)殿から伺わねばなるまい」

自分は砂龍さんの言葉に頷くと、長老様に挨拶に行き、用事が済んだ事と、雨龍さんと砂龍さんはこれから自分と共に旅をする事を告げる。

「社の手入れは、たとえお二人がおられなくとも手を抜いたりはいたしませぬ。お二人がこうして出るという事は、何か重要な局面が待ち構えているのでしょう。ここの守りはお任せを」

長老様の言葉と見送りを背に、三が武を出発。そのまま一気に六(むつ)が武(たけ)へ入り、龍城前までやってきた。

雨龍さんと砂龍さんは、時代劇に出てくる旅人のような服装に着替えている。水戸(みと)の御老公(ごろうこう)一行の姿を思い受かべてもらうのが一番早いのだが、あの番組も今は再放送でたまにしかやってないからなぁ……いや、話がズレ過ぎたな。

「そこの者、龍城に何用か?」

城に近づけば当然、門を守る龍人さんが声をかけてくる。なので、城主の龍稀様にどうしても伝えねばならない事がある旨(むね)を告げる。龍の試練以外の理由であの試練を行う所に入るには、それなりの理由がいる。以前は龍神様から呼ばれたのですんなり入れたが、今回は色々と手順を踏まねばならないのだ。

「殿に用事か……しかし、殿は今、少々忙しい。時間がかかるやもしれぬが――」

門番の龍人さんがそう言葉を濁したところで、雨龍さんと砂龍さんが門番に顔をよく見せるように動いた。それで門番の龍人さんも相手が誰か気がついたのだろう。顔つきが変わった。

「忙しい事は分かっておる。しかし、今回は火急の要件である故、何としても取り次いでもらわねばならぬ。我らが動いている、その事も添えて、龍稀殿に伝えてほしい」

砂龍さんの言葉を聞いてからの門番さんの動きは早かった。すぐさま人を呼び、二、三言伝えて城の中へと走らせる。

それから数分後、自分達三人と一匹は、城の中に入る事を許されたのであった。


「雨龍殿、砂龍殿。こうして直接顔を合わせるのは久しいな」

城に上がった自分達は、天守閣にて龍稀様と直接対面させていただいている。その横には、以前よりかなり髪の毛を伸ばした龍ちゃんも来ていた。今はずいぶん大人しくしているようだが。

「済まぬの、龍稀殿。忙しいところに押しかけてしもうた。しかし、今回は重要な話ゆえ、どうしても顔を合わせんといかぬのでの。人払いは済んでおるか？」

雨龍さんの言葉に、龍稀様は「うむ」とひと言。そうして、雨龍さんの口から今の状況が伝えられていったのだが、その途中で龍稀様が手を前に出して話を遮った。

和

「分かった。その話だが、実は先日密かに、魔王殿から各種族の代表に向けて伝えられている。なので、事の重大さと詳細はこちらも理解している。まさか、あの過去の出来事を記した巻物の中にしか出てこないような奴らが、再び地上を侵略しようとしているとはな……だが、それを許すつもりは毛頭ない。地上は多くの種族がこれからも生きていく地だ、奴らの遊び場でもなければ植民地でもない！」

怒気(どき)交じりにそう吐き捨てる龍稀様。

「この一件が終われば、わしは龍の国の王から身を引くつもりだ。相手は強大。戦場(いくさば)に出れば帰ってこられる保証はどこにもない故に、前もってそう決めておいた。龍神様はこの国の守り神故、動いていただくわけにはいかぬ。そして何より、奴らの洗脳に対抗するための道具の数が少ないとなれば、この国の最強から数名だけを出す他にない。時を見て、雨龍殿と砂龍殿には出陣を頼む使者を向かわせるつもりでいた」

魔王様、各国の首脳に今回の情報を流したのか。

そうだな、これは世界の危機だ。有翼人の侵攻が狙い通りに始まれば、どの国も消滅の危機に陥る。何せ不死のプレイヤーが襲ってくる事もあり得る。相手を倒しても倒しても復活し、自分は一回でもやられれば負けという、理不尽かつ負ける以外の終わりがない地獄だ。そんな最悪の未来も想定した備えが必要となるだろう。

「そしてお二方に加えて、わしとわしの妻の四名で、他の種族の精鋭達と共に有翼人の世界に乗り込む、そういう計画を立てておった。今回ばかりは、さすがに民に知らせる事はできぬ……混乱から治安の悪化を招きかねん。各国とも、対応はほぼ同じだろう。各種族の精鋭を出し合い、洗脳対策の装備を身に付けて攻めるしか方法がない。ただ、魔族だけは五百の精鋭を出す予定だとは聞いている……これは、彼らがずっと今回のような事態を見据えて鍛えてきた精鋭中の精鋭を選抜した猛者達だ。実際にわしが立ち会いをしてみたが、一人ひとりがわしと同等に強い以上、文句は言えん」

ふむ、そんな隠し玉を魔王様は用意していたってか。ま、魔族は暴走魔力との戦いが定期的にある関係上、そういった精鋭部隊がいてもおかしくはないだろう。

「そしてアース殿、今回の洗脳に対抗するための装備は、貴殿の働きによって生産できるようになったと魔王殿から聞き及んでおる。また、この一件に関して貴殿への協力を惜しんではならぬ、金が必要ならば魔王領から出す、とまで言っておった。わしも、雨龍殿と砂龍殿を伴ってやってきた人間がいるとの報告でピンと来たから、こうして素早く場を設けたのだ」

ああ、魔王様は自分の事も言っておいてくれたのか。各国をもう一度回って修業する際や素材を確保する際などに面倒がなくていいから、これはありがたい。

「して、要求を聞こう。内容によっては呑めぬかもしれぬが、まずは話してもらわねば始まらぬからの」

龍稀様の言葉に、自分は「では、申し上げます」と答え、龍神様の鱗がどうしても必要だから会って話したい、という要求を伝えた。

「ふむ、龍神様か……今龍神様は少々忙しい。しばしこの城に逗留して疲れを癒すなり、もしくはわしや妻との訓練に参加して汗を流すなりして、時を待ってほしい。龍神様の用事が終わり、会えるようになった暁には一番先に教えよう。それでいいか？」

ああ、龍神様の都合が悪いのなら、ごり押しするわけにはいかない。それに待つ間は修業をすればいいから、問題は特にないな。

「分かりました、では申し訳ありませんが、しばしこの城に逗留させていただきます。あと、私も戦いに備えて、色々な面を直前まで鍛えたいと考えております。ですので、龍稀様や奥方様と共に修業をさせていただきたく。お願いできますでしょうか？」

まだカンストしていないスキルがいくつもあるからな。

自分が真っ向勝負をするのは終局も終局。それまではこそこそと陰から色々な情報を仕入れたりする方向で働きたい。なので、せめて〈隠蔽・改〉や〈義賊頭〉などのスキルレベルはカンストさせないといけないだろう。

「あい分かった、泊まる部屋はすぐに用意させる。共に戦う同志として、訓練には全面的に協力しよう。他にも必要なものがあるなら遠慮せずに言うがいい、都合がつく限り用意させる」

とのお言葉を頂けたので、それならば薬草と各種食材が欲しいと願い出た。今後発見されるかもしれない有益な薬草が扱えるように薬剤のスキルを上げておきたいし、料理を鍛えておけば付与できるバフがより強くなるはずだ。そんな理由も添えたところ、すんなりと要求は通った。

「アース殿にはそういった技能もあったな。よかろう、でき得る限りの薬草と食材を用意させる。技術の向上に用いるがよい。現地で物資が不足しても、材料があれば補充できる存在は非常にありがたい。有翼人共に対抗する手は多くせねば」

安心して使える物を提供するために、あらゆる食材をアイテムボックスの限界いっぱいまで持っていかないといけないな。出所がはっきりしていて、問題なく使える材料のありがたみを感じる展開がやってきそうだ。

「ご配慮に感謝いたします。そのご配慮を裏切らぬように励む事を誓います」

自分の返事に、満足げな顔で頷く龍稀様。

こうして話は終了し、個室に案内された。個室と言っても広く、十人が寝っ転がりながら雑談できるだけのスペースがある。その部屋で腰を下ろし、今後の予定を大まかに頭の中で纏めていると、襖の向こうから呼びかける声がしたので「はい、どうぞ」と答える。

開いた襖から入ってきたのは、龍ちゃんこと龍姫（りゅうき）だった。

「アース、久しいの。こうして直接会うのはいつぶりかのう……そして、今後はまず叶わぬようになるじゃろう。先程我が父、龍稀から聞いた通り、我は正式に次の王となる事が決まった。そう遠からず、国中に発表されるじゃろう。そして、それと同時に我の伴侶(はんりょ)探しも始まる。王の血を絶やすわけにはいかぬ故、これは避けられん」

あー、そういう事も始まるのか、もうお姫様ではなく女王陛下って事になっちゃうからなぁ。今目の前にいる存在は、もう可愛いままではいられない。状況が許してくれないんだ。何せ今後は国を背負う事になるのだから、迂闊(うかつ)な行動はとれない。とったらどうなるか？　フェアリークィーンのようになる。

「そして、伴侶は龍人の中から選ばれるじゃろう。なれば、アースに変な疑いがかけられぬようにするよう、こうして余人を交えぬ会話はこれが最後じゃ——寂しいがの。じゃが、アースと出会えた事に後悔など微塵(みじん)もない。出会えていなかったら我は、きっとこの場所でこうしてはいられなかったじゃろう」

こうしてはいられなかったって？　それは、どういう意味だろう？

「此度の戦、とてつもない規模じゃ。戦いに出れば無事に帰ってこられるかどうか、見当もつかぬと聞いておる。しかし、それでもきっとお主は勝ってくれると信じておる。そしてまた、顔を見せに来てくれる事を信じて、我はここの留守を務める。じゃから——」

そこで言葉を区切り、龍ちゃんは静々（しずしず）とこちらに近づいてきて、自分の手をそっと両手で握る。そしてそのまま顔を伏せた。

「約束じゃぞ？　戦が終わった後に、またこうしてここに来るのじゃ。戦いは終わった、勝ったとお主の口から聞かせてほしい。ここで我は待っておるからの……」

顔を伏せている姿も相まって、約束というよりは祈りに近いその言葉。そして、握った手に感じる雫（しずく）。そんな今まで見た事のない姿の龍ちゃんに、自分ができた事は……頭をそっと撫（な）でて落ち着かせてあげる事ぐらいだった――

15

龍ちゃんが泣いた。彼女は正しく理解している、こちらが負けたらどうなるのかを。

確かにプレイヤーはモンスターにやられても、基本的に消滅はしない。しかし今回は負けてしまったらどうなるか分からない。最悪、有翼人の力で地上の人々と争いを強いられる事になる可能性も十分ある。

（そんな悲しい思いをさせぬためにも、修業を積んで少しでもスキルレベルを上げないと）

龍ちゃんと話してからログアウトし、翌日ログイン。これからログイン中は全て修業の時間となる。魔剣や蹴りの技の向上を図るのはもちろん、料理や薬の生産能力を上げる指導も受ける事になっている。

龍稀様の話では、大体リアルの時間で一週間後くらいに龍神様と話し合う時間が貰えるらしいので、それまでは城に逗留させてもらう。修業の場も全て城の中で手配されたので、集中して取り組める。

「よいか？　早速始めるぞ。敵は強大、時間はあといかほど残されているか分からん。一分一秒たりとも無駄にするな」

砂龍さんの言葉に頷いて、修業が始まった。

ちなみに、一日の前半が戦闘関連の修業、後半が生産関係の修業という流れで決定している。

砂龍さんと真正面から対峙している自分は、魔剣【真同化】を実体化させながらじりじりと距離を詰める。砂龍さんも、手に持った大太刀を中段に構えながら距離を詰めてくる。そしてお互いの射程範囲半歩前まで近寄ると、いったんお互いに動きが止まる。

（焦ってはいけない、過剰な緊張もダメだ。落ち着いて普段通りに相手を見る事ができなければ勝利はない）

格闘ゲームなどだと、ＮＰＣ戦と対人戦の大きな違いはここではないだろうか？　フェイントとか強烈なコンボだとかいう前に、明確な相手がいるという緊張が身を固くして、普段できる行動ができなくなる。その結果、コンボの起点を喰らって一方的に叩きのめされる——対人経験が少ないとそういう事が起こりやすい。

多少の緊張感を持つのは大事だが、それが過剰になると邪魔なだけだ。どんな相手であろうと、普段通り動ける事。これが一番最初に覚えるべき事であり、一番大事な事なのかもしれない。

できる限り砂龍さんに気がつかれないように呼吸を整える。剣道なんかでも、呼吸のタイミングを見て、相手が動きづらい状態にあるかそうでないかを見極める人がいるとか……とにかく、仕草を見て攻撃を繰り出してくるような手練れがこちらの世界にもいる可能性はあるのだから、そういった事を一つでも多く学び、動きに取り入れていくべきだろう。

静かに呼吸を整えた後、わざと砂龍さんに見えるように大きく息を吸い込む……フリをした。

飛んでくる砂龍さんの大太刀。が、息を吸い込んだのはフリなので、こちらもそれに応じて【真同化】を振る。二回、三回と互いの剣がぶつかり合い、再び距離を取って仕切り直す。

やはり、速い。しかも初太刀よりも二、三撃目のほうが速くて、重かった。だが、こちらとて色んな場所に行って戦ってきたのだから、これぐらいなら対処はできる。むしろできないと、砂龍さんは失望するだろう。現に、今のやり取り後、砂龍さんは一瞬だけ笑みを浮かべた。

「良い、だがまだ不足。次はそちらから来い」

そうだな、見合ってばっかりじゃ始まらない。待ちプレイでは後手に回るばかりで勝ち目がない。攻めるときには一気呵成に攻められる力と心構えが必要となる。

先程と同じようにじりじりと距離を詰めた後、左上から右下へと袈裟切りにする形で【真同化】を振るいながら前に出た。当然のように防がれる初太刀。だが距離を更に詰めて、右の膝蹴りを砂龍さんの腹部に突き刺すように繰り出す。が、これも、砂龍さんがこちらと同じく前に出してきた膝でブロックされる。

そのまま少しの間膝同士で押し合った後、自分が少し下がってからは、剣戟の応酬が始まる。剣同士が何度もぶつかり合うが、時代劇のような派手な音はなく、僅かな音が耳に届くのみ。二本の剣の速度は徐々に速くなるが、互いに防ぎ、いなし、時には体捌きで回避する。

こういった動きはスキル頼りでは身に付かないが、これまでの冒険の中で、嫌でも磨かれていた。

「今までの旅で、良き修業を積んできたか。最初に会ったときの動きとは比べものにならぬ。もう少し上げるぞ、耐えよ」

その言葉とほぼ同時に、砂龍さんの剣速が上がった。いや、速さだけではなく重さも増して、いなしたりする事が一気に難しくなった。だが、こっちだってこの程度で対処できなくなるほどヤワじゃない。魔剣の世界で霜点さんと共に戦った有翼人の攻撃のほうが、もっと速くもっと厄介だった。

「この程度！」

「ほう！」

気合いを入れたこちらのひと太刀が、僅かに砂龍さんの大太刀を弾く。が、それは隙とは言えない小さな動き。少し下がった砂龍さんに対して、無理に攻め込むような愚は犯さない。

だが、手ごたえは感じた。今のひと太刀はいい感じで振る事ができていたし、気合も上手く【真同化】に乗っていた。さっきのような太刀筋をもっと増やすべきだろう。そう考えながら【真同化】を握り締め直す。

そして再びお見合い状態になるが、一拍の間を置いた後に、今度はお互い同時に前に出た。助走によって力が乗った互いの初太刀がぶつかり合うと、軽い衝撃が走った。だが、自分も砂龍さんもそれに構いはしない。今までよりも速く、しかし力を乗せて手にした剣を振るう。

そんな攻防を行いつつ、自分の思考は、一部で別の事を考えていた。

(格闘ゲームの超必殺技とかを放つためにあるゲージが、最初はゼロか一からスタートするのって間違っていないんだなー)

こうやって剣を交わす中で高まっていく何かが確かにあるのだ。この高まりを戦闘を行っていないときにも維持しろ、というのはかなり無理があるだろう。そんな感覚を味わわせてくれる「ワンモア」の技術に驚愕するが、その感覚は嫌なものではなく、むしろ楽しいと思わせる。

だが今は修業中なのだから、浮ついたりせずに気を引き締めなければ。それにこれだけ場が熱くなれば、そろそろ技の一つや二つ飛んでくる頃だ。無論、こんな事をしなくてもアーツは放てるが、格闘ゲームだって超必殺技を単体でぶっ放すような真似はまずしない。連続技に組み込むとか、カウンターを取るタイミングを読んで相手の動きに割り込むとかするものだ。

それから更に数合打ち合ったが、自分が判断を誤って体勢を崩してしまった。

その機を逃さず砂龍さんは更に自分の体勢を崩そうと連撃を繰り出してきたが、こちらもそうすんなりと負けるわけにはいかない。体勢が悪いなりに剣で応戦し、時々盾を使って致命的な攻撃を受けないように受け流し続ける。

だが、そこに砂龍さんが力を乗せた一撃を放ってきた事で、自分は堪（こら）え切れずに左膝を地につけてしまった。

「行くぞ！」

その姿を見た砂龍さんが、大太刀を上段に構えた後に背負うように振りかぶり、技の宣言を行った。

「太刀奥義、《大津波（おおつなみ）》！」

振り下ろされる太刀には、大量の水と土が纏わりついているように見えた。あれをもろに食らったら間違いなくやられる、そう判断した自分は、左手を地面につけて腰を浮かせ、砂龍さんが振り下ろしてくる大太刀に向かっていくような形をとった。そして、右手に装備している盾を大太刀の切っ先に合わせながらアーツの宣言を行う。

「《シールドパリィ》！」

このアーツは、二秒間の発動時間中、相手の攻撃を別方向に弾くもの。受けをミスれば直撃してしまうが、あの大太刀から見える大津波の雰囲気から、受けに回ったらそのまま押し流されて終わってしまう事は明白。ならばその勢いを別の方向に逸らすしかない。自分の装備は小盾なので、大盾みたいにがっちりと構えて受け止める守り方にはそもそも向いていない。

そしてその二秒間は、自分にとってはその数十倍にも感じた。大太刀の後ろから、途方もない量の水と土砂が生まれており、それが鉄砲水のような勢いで自分の横を流れていくのだから。

（動けえええええ！）

だが、そう考える事ができたのはつまり、直撃を回避できたという事。恐ろしい光景に動けなくなっていた体に気合を入れ直し、【真同化】を砂龍さんの首元に向けて——

「そこまでじゃ！　この立ち合いはアースの勝ちとする！」

雨龍さんの制止が入る。だが、自分が動き出すのにそれから一〇秒はかかったんじゃなかろうか。息が荒い。水と土砂が自分のすぐ横を抜けていった事への恐怖心が、今更ながら湧き上がってきたのだ。砂龍さんも容赦ない攻撃をしてくれる。一瞬、修業であるという事を忘れたぞ。

「アースは息を整えておけよ？　次は我との立ち合いだからな？」

あっ。そう言えばこの後には雨龍さんが控えているんだった――休ませてもらえませんかねえ。もらえませんでしたねえ。

◆　◆　◆

「ああ、酷い目に遭った……怪我は治してもらったが、それでもまだ痛むような気がする……」

雨龍さんから、本日の修業はここまで、と言われた自分は、後半の修業内容である薬の調合を教えてくれる師匠役のもとに向かっていた。修業によって出来た怪我などは雨龍さんが完全に治してくれたが、そのときに使っていたのは、プレイヤーやこの世界の人が一般的に使う〈魔法〉ではなく、〈龍術(りゅうじゅつ)〉と呼ばれるものだった。

〈龍術〉は龍しか使えない魔法のようなものであり、全般的に同レベルの魔法よりもはるかに効果が高いらしい。なので最下級の術であっても、自分一人を完全に癒す事もたやすいそうだ。

あと、砂龍さんの後にすぐ雨龍さんとの立ち合いが始まったのにも、ちゃんと意味があるとの事。砂龍さんとの立ち合いでは全力を出す事を鍛え、その後の雨龍さんとの戦いでは消耗した状態からいかに粘(ねば)り、凌(しの)ぎ、そして生き延びて勝つ事を学べ、との事。今後の修業もこの形で行われるとのお言葉を頂いた。これには一つの反論もできず、この形を受け入れて今後も頑張るしかない。

「おお、来たか。こうしてお主と顔を合わせるのも何度目かの」

薬の調合を教えてくれる師匠役は、以前にも六が武で薬の作り方を教えてくれた、あの老龍人だった。これはありがたい、この老龍人の薬に関する知識は深い。そんな方からこうして腰を据えて教われる機会なんて滅多にない。これは気合を入れ直して、一つでも多くの事を学ばなければ。

「今回も宜しくお願いします」

まずはしっかりと一礼。ものを教わる人に対して礼を尽くすのは、基本中の基本だろう。

「うむ、お主も大変だろうが、挫けるでないぞ。今回は、ちょっとした龍人の技術の一部も教えよう。癒すにしろ倒すにしろ、役に立つ事になるはずじゃて」

そんな挨拶が終わり、早速座学が始まる。今まで教わってきた事の復習から始まり、より細かい薬の配合率の話が加わってくる。それを細かくメモに取り、時々質問を交えつつ授業は進む。

「お主は【窒息草】も使うようじゃがな、この【鈍足草】と少々の薬草も配合してみるとよい。より強烈な毒が生み出されるぞ」

「少々の薬草が、毒に転じるのですか？【鈍足草】は元々毒草の部類ですから理解できますし、『薬も過ぎれば毒になる』という言葉がある通り、大量に摂取するなら毒に転じるのも分かるのですが」

「うむ、薬草の癒そうとする力は、体の中に薬が通るための道が作られるような感じでな。その道に、【窒息草】の毒が一気に流れ込むのじゃ。よって、即効性の即死毒が体に一気に回る事になる。【鈍足草】を混ぜるのは、薬草が作った道を【窒息草】の毒が通ろうとしたときに、体が反応して道を閉じようとするのを遅らせるためじゃな。凶悪ゆえ、今回のような事態がない限りは教えぬ特殊な配合じゃよ」

　こんなトンデモ情報がぽろぽろ語られるので油断できない。それにしても、薬草にそんな能力があったのか。これなら薬も毒も、更なる改良が見込める可能性が高い。

　そして、座学の後は実際に作ってみる事に。なお、各種薬草は全部お城の備蓄から出してくれたのが非常にありがたかった。薬草関連の手持ちはもうほとんど尽きていたから、自分で持ち出しだった場合は、採取に行くところから始めなければいけなかった。

「まずは体力を回復する薬からじゃな。先程の座学で教えた事も踏まえて作ってもらおうかの」

　との事なので、ハイレア等級のＨＰ回復ポーションを作る。

　薬草や取扱注意な【快復草（かいふくそう）】などを調合し、まずは数本が完成。その完成したポーションをじっくりと観察した後、老龍人は「まだまだじゃな」とのひと言を漏らす。

「とりあえず高等級の品は出来ておるようじゃが、まだ甘い点が多いぞ。その辺りを詰めねばな。よし、こうしてワシの座学を受ける間に、お主が薬の最高等級を自力で生み出せるようになる事を目標としようかの。上位の薬であるほど中毒率も下がる故、一つでも上を目指さねば、お主を待っている戦に間違いなく差しさわりが出るからの」

ハイレア等級の上位はユニーク等級となっており、ここまで行くと品質によっては残りの体力が一%の状態からでも完全回復するほどで、ポーション中毒に陥るまでに飲める量が更に増える。そのため、市場でもハイレア等級と比べると、鉄くずと金塊ぐらいのお値段の違いになる。

ましてや最近は薬草が不足し、ポーション自体が高騰している事もあって、そのお値段は更に跳ね上がった。それでも、瀕死状態に追い込まれても一気に全快できる効能は魅力的であり、一定レベルに達したプレイヤーは大枚をはたき、お守り的な意味も兼ねて追い求めるという話だ。自分は持たなかったけど。

「分かりました。もう一つポーションの格が上がれば、天と地の差と言っていいぐらいに性能が変わりますから、こちらとしても上げられるなら上げたいところだったんです」

自分も本音を口に出し、細かく指導を受けていく。一本作るたびに複数の点を指摘され、その指摘に従ってまた新たなポーションを作る。これを繰り返し、一歩一歩改良を繰り返していくと……（ん？　なんだかさっき調合した【快復草】の機嫌がいいような？　何というか、「ようやく私の事を少しは理解したようですわね？」みたいな事を言われたような気分になったが？）

そんなイメージが指先から伝わってきた。悪い感じではないから、このまま進めて問題はないだろう。老龍人から教わった&直すように指摘された点に注意を払いながら、ポーション製作をひたすら続ける。

そうして完成した中に……

ITEM

【ユニークポーション】

HPを回復するポーション。ポーションとしては最上の物。
飲めば最大体力の70%を回復する。
製作評価：1（ユニーク）

製作評価は最低であるものの、ついにユニーク等級のポーションを自力で作り出す事に成功した。ただ、残念ながらこれはマグレと言わざるを得なかった。なぜなら、同時に仕上げた他のポーションは全てハイレア等級止まりだったからだ。

まあ、そちらの評価は7と8だったので決して悪くはないのだが……それでもハイレアとユニークの差は大きい。ハイレアの評価10よりも、ユニークの評価1のほうが、はるかに効果や中毒のなりにくさなどが上なのだから。

とにかく、今までできなかった事がマグレとはいえできた事に対しては、素直にガッツポーズを取らせてもらう。

「ふむ、ようやった。評価はまだまだでも、一応は薬の階級としては最上の物を生み出しおったか。じゃが、これを常に安定して作り出せてこその薬師じゃ。慢心なぞするでないぞ？」

老龍人の言葉には素直に頷く。そうだ、マグレで出来上がるのに期待するってレベルでは使いものにならない。老龍人の指導を受けられる間に、もっとスキルレベルを上げると共に、プレイヤースキル的な意味でも腕を磨かなければ。

この日はログアウトするまでひたすら指導を受けたが、ユニーク等級のポーションを生み出せたのは後にも先にもこの一本だけだった。

先はまだまだ長いなぁ。

【スキル一覧】
〈風迅狩弓〉Lv50（The Limit!）〈砕蹴（エルフ流・限定師範代候補）〉Lv44
〈ドワーフ流鍛冶屋・史伝〉Lv99（The Limit!）〈精密な指〉Lv45〈小盾〉Lv43
〈蛇剣武術身体能力強化〉Lv19〈円花の真なる担い手〉Lv6〈薬剤の経験者〉Lv39
〈隠蔽・改〉Lv7〈妖精招来〉Lv22（強制習得・昇格・控えスキルへの移動不可能）
追加能力スキル
〈黄龍変身〉Lv14〈偶像の魔王〉Lv6
控えスキル
〈木工の経験者〉Lv14〈釣り〉（LOST!）〈医食同源料理人〉Lv17
〈人魚泳法〉Lv10〈百里眼〉Lv40〈義賊頭〉Lv68
ExP42

16

「今日からの修業には、ある制限を課す」

翌日。開口一番、砂龍さんからそんな言葉が飛び出した。

「制限、ですか？」

突然の宣言に、自分が頭上に『？』マークを浮かべながらそう問いかけると、砂龍さんは一つ頷いてから「雨龍、例の物を」と指示を出した。すると雨龍さんは、奥から丸い板がついた何かを持ってくる。

……いやいや、あれはまさか。かつて某ＴＶ番組で見た、回転するダーツボードではないか!? そう、賞品がボードに書いてあるアレ。回転させたボードにダーツを投げて、当たった所に書いてある賞品が貰えるっていうアレだ。もちろん、あんなに派手じゃなくてもっと簡素な作りだが……

「えーっと、何か書いてありますね。道具に盾、弓に蛇剣、魔法に蹴り……？」

まさか、当たった内容を使用禁止にするとか言わないですよね!? 道具はまだしも、他を禁止されると滅茶苦茶キツいんですが!?

「先日お前は、模擬戦とはいえ我から見事一本を取ってみせた。初めて出会ってからそれなりの時が過ぎたが、その中でお前は修練を積んだようだな。今なら、一端の武辺者と呼んでも差し支えない腕前と言っていいだろう。そこまでの腕を持てば、普通の冒険者をやっていくなり城に仕えるなりするには十分だ。しかし、これから戦う事になるお前の敵は、はるかに強大だ。それは分かるな？」

砂龍さんの言葉に頷く。そうだな、あいつらには並の力じゃ勝ち目がない。それは魔剣【真同化】の世界で十二分に思い知らされている。

「故に、今後はあの的に書いた内容のうち、矢を投げて当たったものを禁止とする立ち合いを行う。実際にそうなる状況も十分に考えられる……たとえ体力が十分でも、武具が破損して使えない事もあろう。もしくは、あえて使わない事で相手に情報を与えず、いざというときのとっておきとして温存するという策などもな。あらゆる可能性を考え、手札の中の一つ二つが使えなくても戦い、生き残る事ができるようになってもらう」

なるほど、あり得ない話ではないか。自分には鍛冶技術があるし、装備の耐久を完全に回復する【復活玉】もまだ残っているとはいえ、戦場ではその場で修理を行えない状況も考えられる。今までの冒険とは勝手が違って、敵の総本山に乗り込むんだからな。こういった制限付きの戦い方を学ぶのもまた修業か。

「なるほど、趣旨は理解しました。では、お願いします」

自分の返答に砂龍さんが頷き、雨龍さんがダーツボードモドキを回転させる。うん、やっぱり回るよね。

そして砂龍さんが、いつの間にか持っていた矢を、手首のスナップを利かせて投げる。ショートボウを使ったんじゃないかと思われるぐらいのスピードのそれがダーツボードモドキに命中し、雨龍さんがそっと回転を止める……そして当たった所を確認した瞬間、自分の口からは――

「げっ⁉」

という、普段出さないような声が零れ落ちてしまった。それは、矢が刺さったのが『盾』だったからだ。自分は両腕に盾を装備し、その両方にスネークソードを仕込んでいる。つまりそれらは身を護る防具であり、とっさの反撃に転じる事ができる武器でもある。近接攻撃ならば〈蹴り〉系統のスキルもあるが、やはり小回りが利くのは腕を使う技だ。

特に右手に装備している、ドラゴンの骨から作ったクリスタルシールドは、アーツなしでぶん殴っても相応のダメージを与える鈍器になる。そして間合いが開けば、盾に仕込んだスネークソードと【真同化】を組み合わせた三刀流モドキも可能となる。一発性はないものの、手数で相手を惑わせるので、【真同化】の一撃を決めるきっかけ作りに役に立つ。

この仕込みを作ったときは牽制(けんせい)にでも使えればと思っていたが、今は暗器としての役割をこなす、戦闘の一パーツとして活躍している。

そろそろ刃をもっと良いものにしたいが、それは地底世界に戻ったときにでもやろうと考えている。ミスリルの刃をたくさん作らなきゃいけないからな……

そして、そんな盾が使用禁止というのは、かなり痛い。

「厳しいかもしれぬが、決まった以上は受け入れるのだ。盾を装備から外してもらうぞ」

苦しいが仕方がない。自分はもうずーっと両腕に装備している盾を両方とも装備解除して、アイテムボックスにしまい込む。ううむ、一気に両腕がうすら寒くなった気がして、心もとない。

両腕スモールシールドって、今の「ワンモア」だと結構採用する人が多いからなぁ……特に敏捷重視の人。両腕のどちらでも盾を使った防御ができる事を活かし、攻撃しながら防御アーツへ、防御アーツから攻撃へと繋げるのだ。相手の攻撃をがちっと受け止める大盾とは違って、小盾は受け流すのが基本。なので、すぐさま攻撃に転じられる。無論、ミスったら大ダメージというリスクが付きまとうので、ハイリスクハイリターンと言える。

それでも盾は盾、あるとないでは大違いだ。この状態で砂龍さんの攻撃に対処するとなると、移動系の《風魔術》を用いるか、《大跳躍》を用いた回避、あとは蹴り技での相殺狙いか？　でも基本スペックの差で完全な相殺は不可能だろうし、回避できないときに直撃だけは避けるようにするのが精一杯か。

「では始めるぞ、窮地に陥っても焦らず対処できるようになれ！　そうすればお前はもっと強くなれる！」

そう言い放つと、砂龍さんが大太刀を手に猛スピードで迫ってくる。弓の間合いじゃない以上、ここは【真同化】で切り結ぶ事を選択。大太刀の間合いで戦っては不利だ。こちらからも距離を詰めて、小太刀くらいの間合いで大太刀の良さを殺す。

――それにしても、窮地、か。そういえば今までの冒険で何回も、窮地には陥っていた。ドラゴンとのタイマンもやった。一人で時間制限のあるダンジョンの踏破もやったな。戦争に、いきなり地下に叩き落とされたりと、まあ色々。でも、何とか切り抜けてきた。そう、その事を思えば。

（何か一つ二つ封じられる事ぐらい、少し考えてみれば大した事じゃないかもしれない）

戦場で剣が折れたらどうする？　もうそれ以上戦えないのか？　そんなわけはない。敵の剣を奪え。倒した敵の剣を拾え。腕っぷしに任せて殴り飛ばせ。そんな感じで、窮地に陥っても本当にやられるまでは、人間何とか色んな方法で足掻けるものだ。すんなり諦めるなんて選択肢は初めからない。

「む……？」

砂龍さんから声が漏れる。こちらの精神のスイッチが切り替わった事を察したのだろうか？

その答えだと言わんばかりに、砂龍さんの振るう大太刀の速さと重さが増す。が、盾がなくなってもこちらにはまだ色々なものがある。まずは、【真同化】からだ。

「むう!?」

真っ向勝負で斬り合っていた【真同化】を変形。砂龍さんの大太刀に絡みつかせる。朝顔が棒に絡んで伸びていく感じだ。

【真同化】の切っ先が、砂龍さんの顔に向かって高速で接近する。が、砂龍さんはこれを首を傾かせて回避した。

だが回避に意識を使えば、その瞬間は大太刀を操る感覚が鈍ってもおかしくない。

「《ハイパワーフルシュート》!」

その一瞬に、相手を空中に打ち上げる効果を持つ蹴りのアーツを砂龍さんに叩き込む。大太刀に絡んでいた【真同化】は一瞬で引っ込めている。普通のスネークソードでは絶対にできない、魔剣ならではの扱い方だ。

攻撃を受けた砂龍さんが空中に飛んでいくが、大太刀を手放してはいない。このまま《大跳躍》で空中コンボに持ち込みたいところではあったが、大太刀による反撃が考えられたためにそれは中止。代わりに弓に矢を番(つが)える。

「《ガトリングアロー》!　《ツインファングアロー》!」

手数を重視した弓のアーツを二つ、空中の砂龍さん目がけて遠慮なく放つ。当たるかと思ったが――

「ふん！」

どういう仕組みかいまいち分からないが、〈風魔術〉の《フライ》に近い何かによって空中で体勢を立て直した砂龍さんは、自分が放った合計一二本の矢を全て大太刀で薙ぎ払ってしまった。ある程度は対処されると思ったが、まさか一本も当たらないとは。

今の動きからして、《ハイパワーフルシュート》も大したダメージになっていない。それどころか、あえて自分から空に飛んだと言われても納得してしまいそうだ。空中でも体勢を維持できるのであれば、地上戦にこだわる必要はないのだから。

「ではこちらからもいくぞ！　《天来雷（てんらいらい）》！　《地閃雷（ちせんらい）》！」

砂龍さんが左手をこちらに向けた瞬間、背中に走った恐怖と寒気の感覚。その感覚に従って、自分は大急ぎでその場からバックステップした。

直後に落ちる雷。しかしそれで終わりではなく、雷は落ちた地点から更にこちらに向かって走る。必死で左側へと転がったものの、完全回避はならず、痛みが自分を焼く。

が、まだ戦闘不能には程遠い。アイテムボックスからＨＰ回復ポーションを出して握り潰し、体に振りかける。

「残念だが、まだ終わってはおらぬ。《天来雷》！　《地爆雷（じばくらい）》！」

まさかの連発⁉　しかも後者の技はさっきと違う！　最初に落ちる雷は前転して回避し、その後すぐにカンで右斜め方向にもう一度転がった。

背後で起きたのは、先程の地面を走る雷とは違う電撃の爆発。ちょっと、昨日とは修業のレベルが全然違うんですが！

さっきの【真同化】を使ったやり取りで、砂龍さんの何かに火がついちゃったのか⁉　それとも昨日一本取っちゃった事が原因か⁉

……だからといって素直に負けてたまるものか。これは、あのエセ天使を倒すための修業なのだから。

これぐらいは乗り越えてみせないと――きっとアイツに刃は届かない！

それから数分間。砂龍さんは一切地上に降りずに、ひたすら空中から雷を落として自分を追いつめてくる。そんな砂龍さんの意図を、自分も大体察してきた。

(おそらく、これは有翼人達がとる戦い方の一つなんだろう。つまり、砂龍さんはあいつらの戦い方を知っていて、そしてその予習を自分にさせているんだ)

龍族という種族が長寿である事はすでに知っている。そして砂龍さんや雨龍さんは、そんな龍族の中でも更に特殊な存在である事は間違いない。自分達の社があって、黄龍様からの言伝(ことづて)すら預かれる存在が普通なわけがない。そうなると、並の龍人の数倍から数十倍の時を生きている可能性だってあるだろう。そして、長く生きているという事は、色々な経験も積んでいるという事で――

（有翼人と戦うには、この攻撃を捌けるようにならなければ話にならぬという事なんだろう）

今の自分は、離れた地面に突き刺した【真同化】をフック代わりにして体を引き寄せる事によって、地面すれすれを滑るように雷を回避しているが……これでは反撃に転じる事ができない。攻撃ができなければ、当然勝利はないわけで……

少しは目も慣れてきた。そろそろ回避する動きを少しずつ小さくして、攻撃に出なければ。

（まずは体二つ分の回避、それができるようになったら一つ半。その次は一つ分……最終的には掠り傷が出来る寸前まで見切るのが目標か。雷によるダメージは大きいし、視覚的な恐怖もあるが……全てはあいつらに勝つために、だ）

色々な形で落ちてくる雷を回避する動きをイメージして逃げ回りながら、宙に浮かぶ砂龍さんを見据える。そして砂龍さんが再び雷を落とすとほぼ同時に回避行動。

モーションはもう覚えた。さすがに数分間もバカスカ雷を落とされれば、嫌でも頭に焼き付くというもの――それもまた、砂龍さんの狙いなんだろうけどな。

そして、飛んでくる事さえ予想できれば、雷がいかに速くても回避する事は可能だ。シューティングゲームなんかでも、自機より敵弾のほうが速くても、弾の軌道が分かっていれば回避できるってもんだ。といっても、さすがに某ゲームのボスの『洗濯機』とか『フグ刺し』みたいなのはＶＲの世界で撃たないでほしいが。

「ふむ、魔剣に頼らずとも避けられるようになり始めたか。ならば徐々に数を増やす事にしよう……」

砂龍さんの言葉に、内心で勘弁願いたいと零すが、口にはしない。ここでやめたら、後々困るのは自分だ。

それに、雷に向かって矢を放ったらどれぐらい減退させられるのかも、そろそろ確かめてみたい。もし相殺まで持っていけるのであれば回避する時間が減るから、その分反撃の時間が得られる。とにかく、今のうちに色々と試そう。特に相殺狙いはやってこなかったから、ここらへんで積極的に挑戦してみるべきだ。

砂龍さんが落としてくる雷の量が徐々に増え始めたが、まだ何とか回避できる範囲だ。そしてそれは、相殺を試すチャンスがいっぱい来るという事でもある。

早速、弓に矢を番え、放つ。だが……アーツを使わない矢はあっという間に雷に呑まれ、雷が減退した様子も見られない。【蒼虎の弓】を用いて放つ矢が、これほどまでに無力なのか。

（なら、コストが安くて連射しやすいアーツから試してみるか）

再び回避しながら、各種アーツを試してみた。しかし、大半のアーツは雷を一瞬だけ押しとどめたか？というくらいで、相殺どころか減退させる事すらままならなかった。

そんな中、一定の効果を見せたのが、《ソニックハウンドアローLv5》と、《ロード・オブ・ウィンド》の二つ。

まず《ソニックハウンドアロー》のほうは、雷を完全相殺する事に成功した。これは間違いなくアーツを強化した恩恵だろう。そして普段は滅多に使わないアーツである《ロード・オブ・ウィンド》については、予想以上の力を見せた。

《ロード・オブ・ウィンド》は、一射目を命中させるとそこまで続く風の道が出来上がり、その風の道に二射目を放つと威力を増しながらホーミングして飛んでいくというアーツ。そして、この命中する先は魔法をはじめ相手の攻撃をも含む事が判明。雷に当たった一射目が作った風の道に二射目を打ち込むと、勢いを増した二射目が一射目ごと雷をぶち抜いていったのだ。

そして、そのぶち抜いていった二射目は――

「ぐ、ぬう……」

砂龍さんの左手を貫いていた。

矢は矢羽部分で止まっており、矢羽が砂龍さんの血で徐々に赤く染まっていく。

《ロード・オブ・ウィンド》は、差しさわりがない範囲でＥｘＰをつぎ込んで強化しておくべきだろうな。あの雷を相殺するどころかぶち抜いて反撃できるなら、有翼人を相手にする際に信頼が置

ける反撃手段の一つになる。

「加減されておるとはいえ、砂龍の雷を真正面から射貫くじゃと？　――やるではないか、アース よ」

そんな雨龍さんの言葉も聞こえてくる。射貫いたのは狙ってやった事ではないんだけどね……それでも、文字通り一矢報いたぞ。

砂龍さんはしばし自分の左手を貫いた矢を見ていたが、なぜかそれを折らずにゆっくりと引き抜いた。鏃もあるんだから、矢を折ってしまったほうが抜きやすいだろうに、なぜわざわざそんな真似を？

「――我らが鍛えた者が、こうして我らの予想を上回ってくる日が来るというのは、何度味わっても嬉しいものだ。この矢はそれを記念する我が宝として、この身が砕けて地に眠るそのときまで持ち続けよう」

そう言いながら、矢を懐(ふところ)にそっとしまい込む砂龍さん。そんな大層な矢じゃないんですけどねえ……って、龍の血がついちゃったから、何かしらの変質を起こしているかもしれないけど。

「雨龍、まだ早いが、修練の相手を交代してもらってもよいか？　我は弟子の成長を伝えてきたこの矢を壊さぬように、宝物庫の中にしまいたいのでな」

って、宝物庫に納めるレベルなんですか。まあ、砂龍さんにとっては黄金よりも弟子の成長の記録のほうが貴重なのかもしれないけど。

そしてそんな扱いをしてもらえるというのは、素直に嬉しい。

雨龍さんがその頼みを了承すると、砂龍さんはあっという間にこの場から姿を消した。

「ふふ、表情こそ変わらんが、あやつがあそこまではしゃいだのは久方ぶりじゃな。龍の試練に挑む龍人が減り、我らが龍人を鍛える機会も減る中……我らに手傷を負わせる事ができおる弟子に再び巡り合えたのだ。いかんな、わらわも血が騒いで仕方がない。それ故これからの修練は少し加減を間違えるかもしれぬが、まあ死ぬ事はない。修練を続けるぞ！」

雨龍さんの言葉に、自分も気合を入れ直す。今日の修練はまだ折り返し地点だからな、気を抜いちゃいけない。

「お主も予想していると思うが、上空からの攻撃は今後戦う奴らの常套手段の一つじゃ。先程の砂龍の攻撃はそれを見立てた予習というわけじゃな。そしてもう一つ、連中の得意とする攻めの形をこれから仕掛ける。キツいかもしれぬが、連中は手を抜いてはくれぬ。心して修練に励むのじゃ」

そうだな、どんな世界だって、向こうが手を抜いてくれる戦いなんて存在しない。手を抜いて程よく戦ってくれるなんてのは、練習くらいなもんだろう。そして、有翼人達との戦いに練習なんか存在するわけもない。あいつらは人型のモンスターと言っても差し支えないから。

「分かっています、宜しくお願いします」

雨龍さんに頭を下げて、修業を再開する。

こんな修業をしてくれる師匠なんて、大半のプレイヤーにはいないのだから、内容がキツくたって文句を言うわけにはいかない。それにキツい訓練をこなしておけば、ステータスやスキルレベルから予想される戦闘力を上回る事だって可能となる。だから今は頑張ろう。

17

「それでは始めるぞ」

雨龍さんはそう告げたと同時にこちらに突っ込んでくる。迎撃するべく【真同化】を構えて、タイミングを見計らって振り下ろすが——

(フェイント!?　先読みをズラされた！)

雨龍さんが速度を急激に緩めた事によって、自分の攻撃は空を切る。そこに生まれた隙を雨龍さんが見逃すはずもなく、至近距離まで一気に接近し、拳を振るってくる。

頭を狙ったそのストレートを首を傾ける事でぎりぎり回避し、反撃として右の膝で雨龍さんの腹部を狙う。が、その蹴りは雨龍さんのもう片方の腕であっけなく受け止められ、同時に雨龍さんが自分の前から姿を消す。

(高速移動か、だが居場所は《危険察知》と気配で分かる。背後に回ったな)

すぐさま後ろに向かって蹴りを繰り出す。が、これも空を切った。バックステップして回避した雨龍さんは、その直後にはもう自分の右側まで距離を詰めてきていた。なので右腕から数本の【真同化】を生やし、ばらけさせて広範囲の突き攻撃を放つ。が、その攻撃も全て、いつの間にか雨龍さんが両手に一本ずつ持っていたダガーのような短い刃物で防がれる。

「ほう、なかなかの反応をするではないか、アースよ。これならもう一段階上げてもよいかの」

雨龍さんの言葉は右側から聞こえていた——はずが、「もう一段階~」からは左側から聞こえてきた。どうやったのかは分からないが、速すぎる!　《危険察知》ですら、その移動速度は捉えられなかった。ほとんど瞬間移動じゃないか。

そして左側から感じる気配に、自分は半分無意識に身を投げ出して前転。

その背後で何かが突き抜けるような気配……突き攻撃か?　その気配が急カーブして自分の背中を狙ってくる事を感じ取り、こちらは肘から【真同化】を生やして肘打ちのような形で反撃。

カン頼りだが、気配の先に【真同化】の切っ先を合わせたので——

「む、受け止めた、か」

後方から、刃物がギチギチと鍔迫り合う音が聞こえてくる。力と気のどちらかをちょっとでも抜けば、雨龍さんの刃物が自分の背中を貫くだろう。そんな未来の自分の姿を幻視しながらも、自分は頭の中の別の所で考え事を始めていた。

（こちらの攻撃が届きにくく反撃しにくい上空からの砲撃。そして、機動力を生かした前後左右からの波状的な近接攻撃。本番ではこれが単体ではなく、コンビネーションで襲い掛かってくるってわけか。今雨龍さんがやってきた攻撃は、普通の武器では対処が厳しいだろうな。自分は【真同化】のおかげでこうして対処できたが、何とかして頼りっぱなしにならずに対処できるようにしないと）

このまま鍔迫り合いをしていても仕方がないという風に、先に動いたのは雨龍さんのほうだった。いったん距離をあけた後、再び自分の背後から攻撃を仕掛けてくるが、自分が振り返った途端に一瞬で左側へと回り込まれた。右側に行かないのは【真同化】による反撃があるためか。盾があればパーリングなりガードなりでやり過ごすのだが、今回は盾なしという制限がついているため、その手段はとれない。なので仕方なく、気配を回避するようにして体勢を崩しながらも前方へ大きく移動した。

しかし、そんなこちらの回避行動を読んでいたと思われる雨龍さんは、今回は攻撃を仕掛けてこなかった。攻撃の気配だけでフェイントをかけて、自分を動かしたのだ。

体勢を崩している自分は、連続で回避行動をとる事ができない。当然そこに飛んでくる雨龍さんからの突き攻撃。

直撃を回避すべく、自分はわざと地面に倒れ込み、何とか掠った程度の被害に抑えた。しかし、倒れるってのは更なる隙を晒す事に繋がるため、すぐに起き上がらないといけない。

（予想はできたが、容赦ない！）

倒れ込んだ自分に対して、雨龍さんから攻撃の気配が飛んでくる。そんなものを貰うのは御免蒙るって事で……【真同化】を伸ばしてアンカー代わりにすると、高速で縮めて自分自身を移動。足に何かが掠った感覚があったが、それぐらいで済んだのであれば安いものだろう。

「むう、やはりその魔剣は素晴らしい一品じゃな。攻撃だけでなく回避にも使える柔軟性が良い。その魔剣がなければ、今の攻防の間にわらわの攻撃が何度も当たっておったじゃろうに――いや、そうとも言えぬか。その魔剣をそれだけ使いこなすだけの経験、そして四方から近寄っても対処できるだけの判断の速さと正確さ。相当各地で揉まれてきたようじゃな」

確かに色々あったからな……それら一つひとつが修業と経験になって、この世界のこの体に染み込んでいるんだろう。スキルレベルが高かったとしても、今までの旅で得てきた経験がなければ、雨龍さんが繰り出してきた攻撃には対処できるはずもない。真正面からならともかく、左右や背後からの強襲なんてものは特にな。

「ええ、色々な国を巡り、色々な物事に出会いました。良い事も悪い事も、楽しい事も悔しい事もたくさん。初めて龍の国を訪れ、『龍の儀式』を目指していたあの頃の自分とは、色々な意味で違いますから」

自分の言葉を、雨龍さんも「そう言うだけの実力はあるの」と認めてくれた。

さて、ひと呼吸つけたから再開かな？　まだこの訓練を終わりにするには早いはずだ。今日はただでさえ砂龍さんとの訓練が短かったし。

「では、続けるか。もう分かったと思うが、この高速移動が奴らが得意とするもう一つの攻撃方法じゃ。移動こそ速いが、攻撃に移る速さは並じゃから、どんな方向から攻めてきても冷静に対処できれば、今のアースならば返り討ちにできよう。しかし、連中も単独では襲ってこぬじゃろう。砂龍が見せた遠距離からの攻撃と、わらわが見せた近距離の攻撃を組み合わせてくる。故に、今はよりキツめの速さで攻撃をしておる」

やはりそうか。まあ予想通りだから驚きもしない。むしろ納得するだけだ。

「実戦のほうが楽だった、そう言えるぐらいの修練を積まねば生き残れぬ。心しておくのじゃぞ、アースよ……お主はもう十分に理解しておるとは思うが、まあ、愛弟子に対するおせっかいというやつじゃ。許せよ」

雨龍さんはそう告げた後、数秒ほど時間をおいてから、再び高速移動で自分に襲い掛かってきた。が、先程と同じように途中で意図的に減速して攻撃タイミングを崩してくる可能性もあるので、弓を構えて矢を放つ。雨龍さんは僅かに身をよじる事でその矢を回避して接近してきたが、減速しないのであればタイミングは取りやすい。

ぎりぎりまで引きつけてから《大跳躍》を使って宙に跳び上がり、《スコールアロー》を放って矢の雨を降らせ、面制圧を狙う。さすがにこれは雨龍さんといえども回避できず、防御の体勢をとったために、その動きが止まる。

そこに【強化オイル】を数本ばら撒いて、炎の柱を複数生み出す。雨龍さんに通じるとは思わないが、これは有翼人に対してどう動くかの確認でもある。【強化オイル】のばら撒きもスムーズに行えているし、この動きは問題ないか。

更に《フライ》を使えば、空中に留まって攻撃を続行する事もできるが、空中では地上のように機敏な動きができず、遠距離攻撃ができる有翼人にとっては良い的になってしまう可能性が高い。つまり長く空中に留まるのは悪手なので、重力に従って地面へと降り立つ。

「――そういえば、こんな手段もお前の戦い方じゃったな。実際に受けてみると、なかなか厄介じゃが……この武器は良いな、弱めの奴らなら羽根が燃えるじゃろう。多く作っておくがよい」

爆炎が収まって姿を現した雨龍さんが、そんなアドバイスをくれた。服が少し汚れたぐらいで、ダメージを受けた様子は一切ないが……そうか、有翼人相手に【強化オイル】が活躍する可能性は高いか。

「素早い移動をするにしろ、宙に浮かぶにしろ、奴らは羽根を使う事が共通している。先程の炎は魔法ではないから、奴らによく通じるはずじゃ」

魔法ではないから、か。それはつまり言い換えると。

「奴らは魔法に対して抵抗力みたいなものを備えている、そういう事ですか？」

ここはしっかりと口にして確認しておかなければ。

「その通りじゃ。完全にではないが、奴らは魔法、術などの影響を防ぐ能力を持っている。おそらく、それは生まれつきの力なのじゃろう。個人差もあるようじゃが、魔法などが十全に効果を発揮する事がないのは事実じゃ。厄介な事に、強化や回復といった自身に有益なものは阻害せず、更に反動や問題点は無視できるようでの。故に、魔法だけで有翼人共に抵抗するというのは、やめておくべきじゃな」

古き良き某ダンジョンゲームの悪魔と同じって事か。あいつらもレジストマジック能力があって、酷い奴だと九五％の確率で魔法を無効化しちまうという魔法使い泣かせの能力を持っていた。まあ、今回はそこまで極端ではないと思うが……有用な飛び道具であり、火力も高い魔法に対する抵抗力を持っているって時点ですでに厄介だ。

「この情報は、当然魔王殿にも伝えてある。対策などは、天に乗り込む前の会議で話し合う事になるはずじゃ。さて、そんな魔法に頼らずとも戦える戦士は一人でも多いほうが良いからの。アースには期待しておる、此度の修業も乗り越えてみせるがよい」

言われなくても、そのつもりですよ雨龍さん。今回の戦いだって負けは許されないのだから。


前、後ろ、右、また後ろ、また右、正面。目まぐるしく動く雨龍さんを相手に、鋭い一撃を受けないように立ち回る訓練が続いた。

自分はできるだけ【真同化】の特殊能力に頼る展開を減らしながら、応戦を繰り返す。というのも、【真同化】は魔剣ゆえに、出しているだけでもＭＰを消費する。特殊能力を使えば更に消費が激しくなる。しかし、空に上がれば補給が難しくなると考えられる以上、どうしようもないときのみに能力を使う必要がある。

直撃や相手のとっておきの一撃を食らわなければそれでいい、と考え、雨龍さんが操る二本の刃物による猛攻を、【真同化】と体術で何とかいなし続ける。

薄皮を一枚一枚削られていく感触があるが、そういったせめぎ合いは今まで何度も経験してきたから、極度の焦りはない。そしてこちらも、タイミングを見計らって蹴りによる反撃を繰り出している。【真同化】は完全に受け止めたり受け流したりといった防具代わりの運用だ。盾があれば、盾のアーツで防御して【真同化】による反撃もできるのだが。

「時間じゃ、今日の修練はここまでとするぞ――次回はもっと厳しくいく。心しておくがよいぞ」

そんな訓練も、いつの間にか終了時間を迎えた。

全然気がつかなかった……迫りくる一対の刃物を躱し、受け止め、払って反撃する事にだけひたすら集中しなければ、即座に脳天に刃物が突き立つという緊張感で、時間感覚が完全に失われていたか。

「ありがとうございました」

お辞儀をしながらお礼の言葉を述べる。訓練が終わったので、今回も雨龍さんが自分の傷を癒してくれる。いくつもの掠り傷が、目で確認できなくなるほどに奇麗になった。

「今日の後半は料理の訓練であったな？　担当は龍王の奥方だそうだから、気合を入れてゆくがよい。だらけでもしたら、あの者はなかなか恐ろしい事になるからの」

ああ、うん。龍ちゃんのお母さまの恐ろしさは色々と聞いているから、そんな愚かな行動をするつもりはないよ、と雨龍さんの言葉に心の中で返す。二が武にある宿屋の女将さんと同様に、敵に回しちゃうと危な過ぎる人の一人だからなぁ。

「それでは、またな。わらわも少し、この後やるべき事があるのでの」

雨龍さんの言葉に頷き、二人揃って訓練所を後にして別れた。

料理の訓練のほうは、お城の台所で行われる。城の人に案内してもらって迷わず到着。そこにはすでに、龍王様の奥方が待っていた。

「お待ちしておりました、早速始めましょうか。訓練内容は実に単純で、ひたすら料理を作っていただきます。作るのは城に勤めている者達の食事となりますので、長時間の格闘となりますす事を先にお伝えしておきます。更に、出来の悪い料理は弾かせていただきますので」

品質を維持したまま大量に作れ、か。煮物や汁物は大量に作ったほうが美味しいものが出来やすいからいいとして、野菜の下ごしらえとか、魚を捌いたり焼いたりする作業はかなり大変だな。そして、本日の献立はどうなっているのかな？

「本日はご飯に汁物、煮物に焼き魚、そして漬物の組み合わせという献立になっております。ご飯は別の者が炊きますし、汁物もまた別の者が担当いたします。漬物はすでにあるものを添えますし、焼き魚も私が作ります。ですので、本日アース様に作っていただく料理は煮物となります」

ああ、品目の一つを担当すればいいのか。全部やれと言われるのかと思ったよ。しかし、煮物ときたか。今の龍の国の気候は、日本で言うと大体春。三寒四温を繰り返して温かくなる時期にそっくりだから、暖かい物を出しても美味しくいただけるか。そうすると、何を作ろうか？　まず、ある程度絞り込むためにいくつか奥方様に聞いてみるか。

「すみません、煮物を作るという事は分かりました。その上で、使ってはいけない食材などがありましたら教えていただけますでしょうか？　例えば、肉を使ってはいけないとか」

こういう確認は大事だ。戒律とか肉体的な問題とかで避けなければいけない食材がある事はとても多い。一番身近なのはアレルギー体質だろう。あれは不可抗力なので、アレルギーを理由に断られたら無理強いは絶対にやってはいけない。我慢すれば治るなんていう旧世代的な考えは、殺人行為と変わらないと心得ておくべきだ。

「そうですね、特にありませんが——今日の煮物は肉を使った一品という事にさせていただきましょうか。それ以外の内容は問いません」

ああ、特に禁止条件はないのか。それどころかお肉を使った一品という方向性をくれたのはありがたい。そうすると、どうするかな……チラッと視線を食材のほうに向けると、一番最初に目に入ったのは鳥肉だった。

(鳥肉、か。アリだな……煮込む事で出汁(だし)が出るし、肉そのものも味わえる。使うのは鳥肉で決定として……うん、そうだ。お煮しめがいいかな。あれなら肉も野菜もとれるから栄養バランス的にも良いだろうし、何より美味しい。お正月なんかに出す料理なんだが、別段そういった制限もない事だし、作ってみよう。まずは味見をしてもらって、ＯＫが出たら大量に作り始めるか。ＯＫが出なければ、アイテムボックス内に入れておけばいい)

作る料理が決まれば早速行動開始。使う材料は鳥肉に蓮根(れんこん)、牛蒡(ごぼう)に人参(にんじん)。筍(たけのこ)、里芋(さといも)、干し椎茸(しいたけ)、こんにゃく、きぬさや、昆布(こんぶ)。調味料関連は鰹節(かつおぶし)、砂糖(さとう)、醤油(しょうゆ)、みりん、酒ってとこかな。

干し椎茸は水で戻すが、この戻すときに使った水も出汁になるので、捨ててはいけない。

蓮根は一センチくらいの輪切りにして酢水に漬けて、里芋は皮をむいて程よい大きさにカットしてから、塩を軽くまぶした後にもみ洗い。ぬめりをちゃんと取っておかないとね。

牛蒡は皮を処理した後に尖端を削るような感じで乱切り。その後は酢水の中に……蓮根と一緒にはしてないからね？

人参は適当な大きさに輪切り。花形とかは大量に作るときはやってられない……今回は妥協。抜型がありゃいいんだけど……ないんだよねえ、こっちには。

筍は穂先のほうを縦に、くし切りで行く。

こんにゃくは七ミリから八ミリぐらいの厚さに切り、中央に切り込みを入れてくるっとひっくり返すと、おなじみの手綱（たづな）という形になる。その後で軽く下茹（したゆ）でして臭みを抜くのも忘れちゃいけない。

あと、きぬさやも軽く茹でておく必要がある。茹でる前に、尖端をＶの字に切っておかなきゃならん。

そして水から戻した椎茸の軸を取った後に四分割。これで下ごしらえはひとまず完了かな？

下ごしらえさえ終われば、あとはひと口大の鳥肉を炒めて、火の通りにくい根菜類から順に入れていくだけ。頃合いを見て水を投入し、煮込みを開始。もちろん、この水の中に干し椎茸を戻すために使った水も含める。そして煮たってきたら丁寧に灰汁（あく）を取り、鰹節からとっただし汁を投入。

砂糖に醤油、みりんに酒といった調味料を入れて様子を見る。

また灰汁が浮いてきたので、それらを除去した後に落とし蓋をして、三十分ぐらい弱火で煮込む。

そうして煮ている間に、少し鍋をゆすって味をなじませる。

途中で調味料の塩梅を味見し、ちょこっとだけ足りない部分を足しておく。これなら多分問題ないと思うが……煮込みが終わったら、器に盛って、きぬさやをざっと散らして無事に完成。やっぱり下ごしらえが一番面倒だわ……

ITEM

【お煮しめ】
正月などに食べられる、縁起の良い食材を取り揃えた煮物。穏やかな味で、冷めても美味い。
効果：「クリーンヒット率増加」「稀少素材獲得率増加」「金運増加」
製作評価：8

（へえ、食べるとちょっとした幸運が舞い込む感じになるのか。レアアイテムを狙うときはもちろん、急所を狙う戦い方をする人に向いているかもしれないな）

評価8なので問題はないはずだが、奥方様の判断を仰ぎたいので声をかける。

「すみません、煮物を作ったのですが、これでよいかどうか、味見をお願いします」

自分の頼みを聞いた奥方様が、いったん自分の作業を止めてこちらに来てくれたので、自分はお煮しめの皿を奥方様の前に置く。

「——ええ、美味しいですね。鳥肉の出汁が他の具に染みて、良いお味です。その鳥肉自体も、他の具から出る味を含んだおかげで、これまた良いお味をしていますね。この一品ならば問題ありません。どんどん作ってください」

全ての具を味見した奥方様から合格判定が出たので、あとはログアウトまでひたすらお煮しめを作る作業に没頭した。

もちろん《料理促進》は全開だ。何しろ作る量が多いので、そうしないと終わりが見えない……下ごしらえから煮て完成させるまでを全部一人でやらなきゃいけないんだから、もたもたしていられない。そして遅れたら遅れただけ他の人に迷惑がかかる。

なので、自分は一心不乱にお煮しめを作り続けたのだった。

【スキル一覧】

〈風迅狩弓〉Lv50（The Limit!）〈砕蹴（エルフ流・限定師範代候補）〉Lv44
〈ドワーフ流鍛冶屋・史伝〉Lv99（The Limit!）〈精密な指〉Lv46〈小盾〉Lv43
〈蛇剣武術身体能力強化〉Lv22〈円花の真なる担い手〉Lv7〈医食同源料理人〉Lv21
〈隠蔽・改〉Lv7〈妖精招来〉Lv22（強制習得・昇格・控えスキルへの移動不可能）

追加能力スキル

〈黄龍変身〉Lv14〈偶像の魔王〉Lv6

控えスキル

〈木工の経験者〉Lv14〈釣り〉（LOST!）〈人魚泳法〉Lv10〈百里眼〉Lv40
〈義賊頭〉Lv68〈薬剤の経験者〉Lv39

ExP42

18

「では、今日の制限を決めるとしよう」

翌日。砂龍さんがそう言うと同時に矢が的に投げられ、当たった所に書いてあった文字は……

『魔剣』。

「え、ちょっとそれは」

いや、本当に待って!? 魔剣なしって、砂龍さんや雨龍さんを相手にするには辛すぎるんですが!? しかし、自分の慌てた姿を見ても、お二人の視線が変わる事はない。今日の訓練は魔剣禁止か……昨日以上に辛いじゃないか。

「今日からは、より実戦形式とする。安心しろ、いきなり最大火力でやるような真似はせん。徐々に慣れてもらう故な。では雨龍、打ち合わせ通りに」

「うむ」

すると、砂龍さんと雨龍さんの姿が急にぶれる。それから数秒後、二人の師匠の左右に、複数の師匠達が立っていた……もしかして、分身の術？

「今日はこの分体達と訓練をしてもらう。分体四人を同時に相手にし、有翼人共の戦法を直に味わいながら対処できるようになれ。先程も言ったが、今日の訓練で分体が繰り出す攻撃の威力は抑える。だが、だからといって被弾前提の立ち回りはするな。できる限り攻撃を回避し、徐々に反撃して押し返せるようになってもらう。この分体が消えたら今日の訓練は終わりとなるが、この分体は我らと感覚が繋がっている故、サボればすぐに分かるぞ」

ん？　その言い回しだと……

「砂龍さん、もしかしてこの後どこかに雨龍さんとお出かけですか？」

この場で見ているのなら、感覚を繋げなくたってサボった事なんてすぐに分かるだろう。

「うむ、各地から、敵を知る我らに直接訓練をしてほしいという要請が飛んできている。訓練内容は、お前がやる事と大差ない。お前はやるべき訓練の基礎は終わったからな、あとは分体の数や攻撃の調整などをしていけばいい。それもこなせるようになれば、更に制限の数を増やしてより厳しい状況にしていく。我らが直接ついて訓練を見続ける必要がある時期は過ぎたのだ」

ここで言う基礎ってのは、上空からの攻撃と、地上での高速接近からの近接攻撃の二つの事か。

「そういう事ですか、今回の相手は、自分一人で抗ってもどうにもなりませんからね……残してくださる分体さん達と訓練をさせていただきますので、お二方はどうぞお出かけください」

有翼人達が何人いるのか、その中で戦える戦士はどれだけ強いのか。そういった情報は一切ないからこそ、できる事を最大限やっておかなければ。それは自分に限った話ではなく、密かに行動している他の同志にも言える事だ。

　砂龍さんと雨龍さんが去った後、分体の皆さんに一礼して、訓練を開始してもらう。


　それから数分後、自分は荒い息を吐きながら地面に膝をついていた。

（やってくる攻撃の内容は分かっていても、高速でのかく乱と上を取られている事による行動のしにくさが予想以上に辛い！　地上部隊の攻撃を回避していると上空部隊からの雷撃が避けにくいし、上空部隊を狙おうとすれば地上部隊が背面や側面からちくちくと嫌がらせをしてくる。そうして冷静な判断力を削られたところで、上空部隊が強烈な攻撃をズドン！と撃ってくる。その大きな大砲を当てやすいよう、地上部隊がこっちの動きをコントロールしている節（ふし）もあるな）

　プレイヤーだって、モンスター一体を相手取るのならばそういう手段をとるだろう。射程の長い弓使いがモンスターを釣ってタンクに引きつけ、位置取りに注意しながら魔法使いが高火力の魔法で大ダメージを与えて倒す。その立ち回りを、自分がやられる側に回ったって話だ。

　ただ、今回は、後衛というべき一定以上の射程を持つ存在が空中に浮いているのが問題だ。今日は魔剣の使用を禁止されているから、【真同化】に頼った叩き落としもできない。

（盾に仕込んだスネークソードも解放する事で、何とか魔剣なしでも地上の分体さん達とは戦える。

でも、弓を構える時間が取れないから、空中にいる分体さんの雷撃にやられっぱなしだ。それに雷撃で地上の戦いに妨害が入ってしまって、攻め切れずにずるずるとダメージを蓄積させられてしまう。やっぱり、道具も使うしかないか……)

ＨＰ回復ポーションを飲み、体力を回復して立ち上がる。その自分の姿を見た分体さん達は再び戦闘態勢に入ったので、「続きをお願いします」とひと声かける。

分体さん達は全員が一度頷いた後、再びこちらに向かって距離を詰めてきた。その地上部隊の移動先を大雑把に先読みし、【強化オイル】を投げておく。片方の分体さんには読まれて回避されたが、もう片方の分体さんには命中して、炎の柱がその体を焼き焦がす。

回避したほうの分体さんも、近くで立ち上った炎の柱に煽られる形になって体勢が崩れている。そこに、右手の盾に仕込んだスネークソードを伸ばして攻撃を仕掛けたが、これは分体さんが持っている短剣に弾かれてしまった。

とはいえ動きが止まったので、もう一回【強化オイル】をぶん投げる。これも直撃はさせられなかったが、再び立ち上った火の柱に分体さんの表情が歪んだ事からして、多少のダメージは与えられたと予想する。

そうして地上の分体さん二人の動きが止まったところで、今まさにこちらに雷撃を放とうとしていた空中の分体さんに向けて矢を番えた――のだが、最初に【強化オイル】による炎の柱が立ち上った方向から何かしらの気配を感じたので、攻撃を中断してバックステップ。

その直後、短剣が自分の目の前を通り過ぎていく。うん、この感覚は大事だな。これをもっと敏感に感じ取れれば、死角からの攻撃であっても《危険察知》に頼らず回避できる。

（《危険察知》ももちろん便利だが、戦闘中に何度もレーダー画面を覗き込むわけにはいかないものな。もっと視覚以外の感覚で周囲を感じられるようにならなくては）

《危険察知》が便利ゆえに、こういった訓練経験が不足している面があったかもしれない。先程の横からの攻撃も、もっと気配を抑えて行動されていたら、感じ取れたかどうか。

いや、そういった訓練も積ませるために、分体さん達はあえて気配を大げさに発して攻撃してきた可能性もあるな。そういった感性をより高めないと、有翼人共との戦いで後れを取るぞ、という警告だ。分体の皆さんは、喋らないのか喋れないのか分からんけど、ひと言も口にしないからな。

そうして自分は《危険察知》に頼る頻度を落とすように動き始めたのだが。それを察したのか、分体さんが何と気配に虚実を混ぜ始めた。なので本当に攻撃が飛んできているのか、フリだけなのかが非常に分かりにくくなった。その上、気配で自分の動きをコントロールするようにまでなってきて——

「が、ああっ⁉」

空中にいる分体さん達の放つ雷が当たりやすい位置に、自分を誘い込むような真似をしてくる。

でも、がぜん燃えてきた。この虚実だって、見極められるようになってやろうじゃないか。分体さん達の表情に驚きを浮かべてみせよう。だから、まだまだ訓練に付き合ってもらうぞ……！

「来たか、今日の講義を始め……今日はまたずいぶんとボロボロじゃな、講義を始める前に、まずは薬を飲むのが先かの？」

ボロボロになった自分を見て、薬師の師匠は驚いた表情を浮かべた。

本日の砂龍さんと雨龍さんの分体さん達との訓練は何とか終わった。《危険察知》を当てにせず、視覚外からの攻撃は気配のみを頼りに避ける、という戦い方は初めてだった事もあって、ずいぶんボコボコにされてしまった。何回地面を舐めただろう？

今までも気配を察して回避をするという事はやってきたが、それは動きが単調になるような終盤であったり、《気配察知》のサポートがあったりしたからこそ、上手くいっていたようだ。そういった助けがなければ、こんな始末になるのだろう。

城に勤める女中さんにお湯で濡らした手ぬぐいを用意してもらって拭いたので、顔が砂だらけなんて事にはなっていないが、全身に刻まれた無数の傷はさすがに消えない。これでも、〈風魔術〉の中に唯一ある回復魔法《ウィンドリカバー》を数回かけてマシにしたのだが。《ウィンドリカバー》を使ったのなんていつ振りだ……思い出せないぞ。

「申し訳ないのですが、すでにポーションをかなり飲んでいまして、おそらくあと一本飲むと中毒症状が出ると思います……」

今日の訓練は、分体さん達にボコられる↓ダウンする↓ポーションを飲んで立ち上がる、という流れを繰り返したからなー……もういっぱいいっぱいのところまで来ているのは間違いない。ポーション一本どころか、ひと舐めでもすれば中毒症状が出る自信がある。

「そうか、それならば仕方あるまいのう……では、今日の講義は休みにしておくか？　ワシは構わんが……」

師匠はそんな提案をしてくるが、自分は首を振ってそれを拒絶する。師匠の指導のもとでポーションの調合を行うと、スキルレベルの上昇がとてもスムーズなのだ。それだけではなく、各種調合のコツなどをちょいちょい挟んでくれるのがありがたい。だから講義を休むという選択肢は初めからないのだ。休めば休んだだけ、自分の能力を伸ばすチャンスをどぶに捨てる事になる。そのどぶに捨てたチャンスが、今後の戦いに響いてこないとは言い切れない。

「いえ、お願いします。体はこんな状態ですが、講義の間に体が落ち着いた事を感じられたら薬を飲ませていただきますので。それに気力のほうはいささかも衰（おとろ）えておりません。ぜひ本日も講義をお願いいたしたく」

ほとんど土下座に近いくらい頭を下げた自分に、師匠も「そうか、そこまで言うのであればやろうかの」と言ってくれた。

「ならば今日は、薬の副作用などに関する講義をするとしようかの。基本的に、副作用が起きると飲んだ薬と正反対の効果が出おる。体力を回復する薬なら逆に体力が減り、精神に安らぎを与える薬なら精神がより苦しくなったりの。この辺りは、薬師ならば当然知っておるじゃろう。そして薬をよく飲む武芸者や旅人なども、己の体で味わった事がある者は多いじゃろうのう」

その通り、こうしたポーションによる副作用をいかに出さないかが、戦いでは大事なのだ。だから回復は魔法で、緊急時にポーションという考え方が一般的だ。ポーションは旅を助けてくれるありがたい道具だが、頼り過ぎると逆にこちらを殺しにくる。ポーションがぶ飲みで耐えて戦うという戦法がとれないため、一定レベルのプレイヤースキルを身に付ける事ができないと、あっさりやられてしまうのが「ワンモア」だ。

「じゃが、状況によってはこの中毒状態を逆に利用できる事もあるのじゃ。偶然じゃが、ちょうどよい。お主自身の体で体験すれば、すぐに理解できるじゃろ」

師匠はそんな事を言いながら、一つの錠剤を自分の前に置いた。

「師匠、これを飲めと？」

師匠が頷いたので、とにかく飲んでみる。錠剤を同時に用意された水と一緒に呑み込むと、体全体が急に熱くなった。それは炎に焦がされる苦しみのようなものではなく、風呂に入って寛いでいるぐらいの心地よい熱さ。その熱さに身を任せていると、手にあった傷が徐々に癒えていく。

「傷が……そして中毒になったときのような苦しみもない。師匠、これは何なのでしょうか？」

そもそも、回復アイテムとして錠剤タイプのものはこれが初めてだ。掲示板などを詳しく掘り下げれば情報があるのかもしれないが……そんなに細かいチェックなんて入れてないもんなぁ。

「うむ、今飲んでもらった錠剤は……【快復草】などを用いて調合した、一種の毒じゃよ」

この言葉を聞いた自分は、思わず師匠を驚きの目で見てしまった。慌ててＨＰゲージを確認するが、そこそこの速度で回復しており、状態異常の表示もない。それからもう一度改めて自分の手を見て、傷がきれいに消えているのを確認した。

「薬は使い方によって毒になるが、毒も使い方によっては薬となる。これに近い意味を持つ言葉はいくつかあるものじゃが、先程の錠剤はそのいい例じゃな。中毒症状が出てしまった者、あるいはその寸前の者に対してのみ使う錠剤でな、効果は自分の身で知ってもらった通りじゃ。が、当然注意すべき事がある。この錠剤は形を変えて制限してあるとはいえ、毒には変わりがないからの。飲んだ後は、しばらく体が休まるまで、薬の類を用いてはならんのじゃよ」

ああ、デメリットをメリットに変えられる力があるが、さすがにそこまで万能じゃないと。まあそうじゃなきゃおかしいよな。

「今、体は落ち着いておるはずじゃが、それでもやや熱いと感じておるじゃろう？　湯船に使ったような感じじゃな。それが完全に冷えれば大丈夫じゃ。じゃが、冷える前にもう一度何らかの薬を飲めば――命はない、の」

そのひと言にゾッとした。今感じている不思議な温かさが、一瞬で氷に変わってしまったと錯覚するぐらいには、寒気を感じさせられる。

「師匠、この錠剤に【快復草】が使われていると言っていましたが……他の材料を教えていただくわけにはいかないのでしょうか？」

そんな冷や汗を感じながらも、この質問はせねばなるまい。一体自分は、何が使われた薬を飲んだのだ？

「うむ、教えるぞ。そして調合方法もこれから教えよう。ただし、この薬はワシの指導を受けたお主のみが直接用いよ。決して他者に与えてはならぬ、使わせてはならぬ。なぜなら、使われている材料の中に、お主もその恐ろしさを知っておる毒草が用いられておるからじゃ……故に、扱いを誤れば人を殺す毒薬に堕する。そう、【窒息草】が使われておるのじゃよ」

【窒息草】？　自分が【デス・ポーション】の素材に使っている、即死毒が抽出できる毒草じゃないか……温かい体とは対照的に、心の中では冷たい汗が止めどなく流れる。

そんな物を口に入れさせるとは、この方もなかなかおっかない事をしてくれる。飲む前に【窒息草】が使われていると知っていたら、絶対口の中に入れようとは考えなかった。

「じゃが、制限がつくとはいえ、窮地ではこういった薬も役に立つときがあるはずじゃ。そういった事も学んでもらうぞ、よいな？」

師匠の言葉に無言でうなずく。

危険な薬だが、確かに身をもって有用性は理解した。ならば覚えなければならないだろう。気合いを入れて臨まねば。

19

「では早速、先程の薬の素材を教えていこうかの。あの薬を覚えなければ他の薬も作れぬからの」

という事でレシピ公開。

【窒息草】はもちろんだが、大半が【快復草】だった。あとは毒草がいくつか。これを平時に飲んだらそりゃ死ねますわ。【快復草】で効果が上がった【窒息草】に含まれる毒ってだけで十分に危険物だ。むしろよくこんな薬を作って、飲もうとしたもんだ。

これは、山に生えている茸（きのこ）をあらかた採ってきて、それを全部食ってみるくらいに無謀極まりないと思うのだが。毒茸のレパートリーってのもなかなか豊富で、腹を下すだけで治まるものから、食ったら最期、現代の医学では治せないようなとんでもない猛毒を秘めたものもある。特に、白い茸には絶対に手を出すなと言いたい。

「この薬のもとは暗殺用だったらしいがな……それが状況によっては人を助ける薬に転じるというから皮肉なものじゃ。その効能が判明した後、更に調整を重ねた結果が今あるものとなる。先に言っておくがの、この薬を調合できる事と、調合の割合を他者に教えるのは厳禁じゃ。もしそれを破った場合は、犯罪者として一生牢屋の中で過ごしてもらう事になる。そのような事ならぬようにの」

ま、そうだよね。薬ってのは正しく使わなきゃおっかない。リアルでだって、薬の飲み合わせで副作用が起きてとんでもない事になったなんて話はよくある……そして、これから扱うのは毒薬だ。そこら辺の管理はしっかりしておかないと、とんでもない事になる。

毒殺なんてのは、権力者が常に気を使わされる懸念事項だからな。毒を見抜く方法と、その目を掻い潜る方法の戦いはいたちごっこだよなぁ。うちらの義賊団は毒を攻撃には使わないが、知識がないと解毒もできないから、知識を蓄える事は絶対必要だ。

「暗殺用の毒が転じて窮地に使える薬に化けましたか。逆ならよく聞くのですけどね……」

自分の呟きに、師匠も「そうじゃな、命を救うために作られた薬を殺すために転じさせる馬鹿者はいつの時代にもいるものじゃや、嘆かわしい」と口にする。

さて、湿っぽくなっていても仕方がないので、調合の訓練を始める。

今日の目標は、例の錠剤を作り出せるようになる事。この調合法は、例の高飛車お嬢様風味の【快復草】を大量に使うので難度が高い。

ああ、脳裏に浮かぶは初めて【快復草】を扱ったときの恐怖だ。調合ミスをすると、なぜかホーミングして当たりにくる熱湯と化した薬水。火の気（け）なんかないのに爆発する【快復草】などなど。

「【快復草】には、恐ろしい記憶しかない……」

そんなひと言を呟いたのがいけなかったのだろうか？　すり潰していた【快復草】が一斉に爆発して、自分は部屋の天井に叩きつけられてめり込まされた。これは酷くないか……ぬう、抜けない。

「迂闊な事を口にするからじゃ……そういった事は心で思うだけにせよ……」

なんて事を口にした師匠がすり潰していた【快復草】も大爆発したようだ。自分は天井にめり込んでいて見えないが、師匠も天井に叩きつけられた音がして、その後落ちる気配がないので、自分と同じくめり込んだと予想される。

「師匠、やっぱり【快復草】は怖いです」

かなり力を入れてめり込んだ天井から脱出しようとしているのだが、なかなか腕が抜けない。

「ワシとした事が何と迂闊な……つい口に出してしもうた……おなごも怖いが【快復草】も怖いのう」

お互い天井から脱出できたのは、それから一〇分ぐらい後。天井を確認すると、見事に人型の穴が開いてしまっていた。あとで龍稀様に謝っておかないと……そしてそんな大爆発があったにもかかわらず、なぜか傷一つついていない他の道具達。

なんでこうなるんだって考えると頭が痛くなるが、【快復草】は周囲に一切影響を及ぼさずに自分と師匠だけを天井に叩きつけたようだ。どうやったんだ？なんて質問されても、こちらが知りたいとしか言いようがない。相変わらず【快復草】はよく分からん植物だ。

「【快復草】の謎が余計に深まった気がします」

「ワシも薬草を相手にして早数百年じゃが、【快復草】だけは未だによく分からんのう。上手く調合できれば素晴らしい薬となる事以外はとんと分からんわい」

師匠が分からないんじゃ、自分に分かるわけもない。薬の素材としては有用だ、それだけしか考えないほうがいい。

少し休んでいると痛みも引いたので、再び調合を再開する。今度は余計な事を考えないように、明鏡止水の境地……ごめんなさい、嘘をつきました。そんな境地には達していません。でもできるだけあれこれ考えずに、何とか予定量の【快復草】をすり潰す。

「次は【窒息草】じゃが、この薬剤にはすり潰すのではなく、細かく切った後に煮出してその汁を入れる形をとるぞ。お茶のような感じじゃ」

そういう使い方もアリなの？　でも師匠がそう言うんだから、それが正しいんだろう。言われた通りに細かく切断し、お茶の葉サイズに整えておく。

その後も、師匠の指示通りにいくつかの毒草をすり潰していく。

このすり潰す量は細かく重量を計った。師匠曰く、混ぜ合わせる毒薬の分量が僅かでもずれると、ただの毒薬でしかない失敗品になるそうで。だから、この錠剤はこういった落ち着いた室内でのみ調合できるんだそうだ。

「さて、ひと通り準備は整ったのう。そして調合となるんじゃが……まずは手本を見せる。よく見ておくのじゃぞ」

まずはお手本を、という事で、師匠の調合を見る。

さすがに動作がスムーズだ。自分でも調合をしてきたからこそ、その凄さを再認識する。細かい所作が自分とは完全に違うのだ。見とれてしまいそうな心を抑えつつ、師匠の技術を目で盗む。

薬の製作方法は、すり潰した【快復草】と複数の毒草を混ぜ込み、ある程度混ざったところに【窒息草】を煮出した汁を適度にたらしつつ、より一層混ぜ合わせていく。

それら素材が完全に一体となったところで、長方形の容器に押し込んで、水分を飛ばす薬と、固める薬を入れてしばし待つ。容器の中で調合物が水気を失い固まったら、細かい網目状になっている金属が付着した蓋を、上から押さえつけるようにゆっくりとはめ込む。

はめ込んだ蓋を上げると、網目状の金属に押し切られて調合物が直径五ミリほどの小さな正方形の粒となっている。その粒に白い粉をまぶし、完全に白くなったところで指先で多少の成型を施し、完成のようだ。

「制作方法はこんな感じじゃ。刃物で切り分ける方法もあると言えばあるが、適量を切り分けるにはこれが一番便利なのじゃよ」

ああ、手で切り分けると、どうしても大きさにむらが出る。量が変われば効果が出なかったり悪影響が出たりする事は、容易に想像がつく。こういうところで道具を使わずして、いつ使うのだ。

「分かりました、やってみます。問題点があれば、指摘をお願いします」

全体の流れは分かったので、あとはとにかくやってみるだけだ。ちなみに、最後にまぶしていた白い粉は、錠剤を酸化などによる変質から守るためのもので、それ以外の効果は一切なし。もっとも、それ以外の効果がないからこそ、薬を守る外皮とするには都合が良い。

先程の師匠の動きを思い出しながら、自分も調合作業を行ったのだが……同じようであって同じではないというのは、完成品を見ればはっきりと出た。

まずは師匠の作った薬。

ITEM

【反転錠剤】

健常者には毒となるが、ポーション中毒者が飲むとＨＰが回復する特殊な錠剤。

ただし、この錠剤による回復効果時間が切れる前に再びポーションを口にしたり、二つ目の【反転錠剤】を口にしてしまうと、たちまちのうちに死に至る。

製作評価：９

次は自分が作った薬。

【反転錠剤モドキ】

健常者には毒となるが、ポーション中毒者が呑むとＨＰが回復する特殊な錠剤……になれなかった物。

ただの毒物であり、ポーション中毒者に飲ませると死に追いやる事になる。

毒殺に使うにしても毒量が不十分であり、使いどころがない。

製作評価：４

説明文からして『使い道がない』と言われてしまう始末。でもまあ、いきなり一発で成功するなんて事はそうそうないのだし……とにかく練習だ。この薬を備えておけばいざというときに使えるから、何としても調合を成功させられるようにならなくては。

「まあ、最初は誰しもそんなものじゃよ。何度も繰り返して覚えるしかないからの。ただし、一回一回真剣にやらねば意味がない事は、忘れてはならぬぞ？」

師匠の言葉に頷き、調合を再開する。

自分の作業を見ている師匠からいくつかの改善すべき点を指摘され、修正を重ねながら調合を続けた結果……本日最後の調合で、評価５の【反転錠剤】を作り出す事に成功した。

それでも成功率はまだまだ低い。せめて六割は成功させられるところまでもっていかないと……

【スキル一覧】
〈風迅狩弓〉Lv50（The Limit!）〈砕蹴（エルフ流・限定師範代候補）〉Lv45
〈ドワーフ流鍛冶屋・史伝〉Lv99（The Limit!）〈精密な指〉Lv47〈小盾〉Lv43
〈蛇剣武術身体能力強化〉Lv24〈円花の真なる担い手〉Lv7〈薬剤の経験者〉Lv41
〈隠蔽・改〉Lv7〈妖精招来〉Lv22（強制習得・昇格・控えスキルへの移動不可能）
追加能力スキル
〈黄龍変身〉Lv14〈偶像の魔王〉Lv6
控えスキル
〈木工の経験者〉Lv14〈釣り〉（LOST!）〈人魚泳法〉Lv10〈百里眼〉Lv40
〈義賊頭〉Lv68〈医食同源料理人〉Lv21
ＥｘＰ42
称号：妖精女王の意見者　一人で強者を討伐した者　ドラゴンと龍に関わった者
妖精に祝福を受けた者　ドラゴンを調理した者　雲獣セラピスト　災いを砕きに行く者
託された者　龍の盟友　ドラゴンスレイヤー（胃袋限定）　義賊　人魚を釣った人

妖精国の隠れアイドル　悲しみの激情を知る者　メイドのご主人様（仮）　呪具の恋人
魔王の代理人　人族半分辞めました　闇の盟友　魔王領の知られざる救世主　無謀者
魔王の真実を知る魔王外の存在　天を穿つ者　魔王領名誉貴族
プレイヤーからの二つ名：妖精王候補（妬）　戦場の料理人
強化を行ったアーツ：《ソニックハウンドアローLv5》

運営さん）雑談掲示板 No.3810（次のアプデまだー？

114: 無名の冒険者 ID:kvrefes5w
もう全部のスキルカンストしちゃってさー、やる事がない……
装備も現環境で手に入る最高峰の物を手に入れちゃったからそっちも……

115: 無名の冒険者 ID:efegw6eaf
そろそろカンスト勢がごろごろ出てくる頃合いかー
戦いまくってれば戦闘系スキルのレベルはガシガシ上がっていくもんねー

116: 無名の冒険者 ID:EGFesa6dw
ただそれが、真のカンストかどうかは分からんがな
真のカンストには、レベル表示の横に「The limit!」という表記がつく
付いてるか？

117: 無名の冒険者 ID:EFRGFfwe2
え、なにそれ。「MAX!」がカンストなんじゃないの⁉

118: 無名の冒険者 ID:Ctus720yw
それはまだ成長の余地があるな
本当のカンストだと、溜まったＥＸＰを消費して
スキルの性能を上げられるようになる
「MAX!」の場合は、他のスキルとの兼ね合いで更なる進化をするか、
「ワンモア」世界の住人から修業をしてもらったりする事で
次の段階に上がれるぞ
修業をしてくれる住人はどこにいるか分からんから教えられん

119: 無名の冒険者 ID:RGWaw2efe
まじかよ⁉　俺のカンストは全部「MAX!」だわ
これで成長限界だって思ってた

120: 無名の冒険者 ID:kvrefes5w

うっそ、言い出しっぺの俺も一つも「The Limit!」って表示がねえ！
じゃあまだ成長できるのかよ

121: 無名の冒険者 ID:EGeaw32w7

戦闘しかやってないプレイヤーがはまる罠だねー
「ワンモア」住人との交流を持ってないと分からんよねえ

122: 無名の冒険者 ID:FAESeaf52

めんどくさくね？　交流すんの

123: 無名の冒険者 ID:6gfe6regf

めんどくさいって意見は分かる
でも、面倒くさがればそれなりの結果しか出せないってもんだよ

124: 無名の冒険者 ID:EFeaf5eww

だな、それはプレイヤーの選択だ。ちなみに生産系は全然暇にならんよ
地底世界の素材で新しいレシピが芋づる式に作れて、改良に余念がない
武器や防具だけじゃなくて攻撃や補助に使える道具も進歩してるから、
研究が楽しい

125: 無名の冒険者 ID:HRarh5rwd

生産系の掲示板はまだまだ勢いが止まらないよね
すごい人数があれこれやってるってのが嫌でも分かる

126: 無名の冒険者 ID:AWFDqf2dN

やる事ない、なんて生産者の口からはまだ出てこないぞ
何しろ客の要求が際限ないからな……
能力の指定は当たり前で、その上で能力をいくつ積んでくれとか、
アニメとか他のゲームに出てきた武器の再現をしてくれとか、容赦ない

127: 無名の冒険者 ID:RGWarw6er

デザイン系の要求は時々地獄を見る
エストックのアームガードにフェニックスの透かし彫りを入れてくれ、
と言われたときはさすがに断ったぜ……
あんな細かいのやってたら、それだけで数日かかっちまう
そして作業が滞れば、他の客の注文もそれだけ滞る

128: 無名の冒険者 ID:WEGewg5we

ポーション関連もなかなかえぐいよ？
製作評価 10 のユニークポーションを 100 本売ってくれ、とか
気軽に言われると殺意が芽生えるね
最高級ポーションの最高品質を作り出すのが
どれだけ大変か知らないからこそ言えるんだろうねー

129: 無名の冒険者 ID:EfqGRWaw1

えっ!? それってそんな辛いの？

130: 無名の冒険者 ID:ERSAG52er

そうだなあ
まずユニークポーションの成功率が一般的な職人だと六割ってとこ？
んでもって、評価 10 のポーションが出来る確率は
そこから更に一割あるかどうかってところだ
もちろん色んな材料が必要だし、調合には神経を使うから生産性も低い
そんな物を 100 本よこせとか、無茶を言うなって話だよな

131: 無名の冒険者 ID:EAFHTSRs2

生産者なら分かるよね、その辺
いくらスキルレベルを上げても評価 10 を出すのって本当に難しいんだよ？
大体が 8 止まり、たまに 9 が出るかどうかってくらい
ただただモンスターと戦うだけの人には分かりにくいだろうけど

132: 無名の冒険者 ID:EFeas5f99

薬の修業をしてくれる住人が見つかりにくいってのも困りどころだよな
鍛冶は地底世界のドワーフに弟子入りすればいいから分かりやすいけど、
他の生産系は本当に分からん

133: 無名の冒険者 ID:AEFe2dffe

正直、次のアプデを今入れられても対応できないよ
戦闘職と生産職の温度差が酷いな

134: 無名の冒険者 ID:kvrefes5w

正直済まんかった
こっちが馬鹿だったわ、本当に申し訳ねえ

135: 無名の冒険者 ID:HRare5E1w

戦闘職もこの機会に修業したらどう？
『痛風の洞窟』とか行けば色々やれると思うよ。あそこは準備がいるけど

136: 無名の冒険者 ID:AEFe5V12w

あそこ一回行ったけど、凍死するっていうレアな機会を頂きました
ほんと、寒さが一定レベルを超えると眠くなるんだね……
そして気がつくと死に戻りしている

137: 無名の冒険者 ID:EFfq3fe8e

しっかり準備しないで舐めて入るからそうなるんだよ……
「ワンモア」で舐めた行為は簡単に死んじゃうよ、どれだけ強くなってても

138: 無名の冒険者 ID:AEFe5V12w

その通りでした
今のレベルなら楽勝だろうとか思ってた入る前の自分を殴りたい……
ただいまデスペナルティが消えるまでの時間待ち

139: 無名の冒険者 ID:kdfL21evC

ちなみに、そこの奥には何があるのん？
言えないなら言えないでいいけど

140: 無名の冒険者 ID:EWFDE1dcw

氷系モンスターが運営するアトラクション、とでも言えばいいのかね？
その一つに闘技場があるんだけど、そこに出場できるから行ってみ？
ただしちゃんと話は聞けよ、ルールがきちんとあるからな？
あそこにいるモンスターの皆さんは話が通じるから、
無差別に殴りかかるんじゃないぞ

141: 無名の冒険者 ID:WjytEFe2c

あそこ、そんなのあったのか
試しに入ったときはただただ寒いだけでモンスターもいなかったから、
早々に出てきちゃったよ
今度行ってみるか、耐寒防具揃えて

142: 無名の冒険者 ID:snrg2gWEe

何にせよ、やる事が見つかったんなら良かったな
戦うばっかりじゃなくて色んな所を歩き回ってみるのも良いもんだぞ
意外な人物は意外な所にいるもんだ

あと、普段ＰＴを組んでいるなら、
ソロで行ってみるとかって変化をつけると
出会いやすいかも、な？

143: 無名の冒険者 ID:GEwqa4fIe

「ワンモア」でソロって辛くね？
盗賊系統スキルがねえと周囲の情報が視覚と聴覚頼みになるし
特にダンジョン内だと

144: 無名の冒険者 ID:YReary1ew

ソロプレイヤーは数人知ってるが、全員が盗賊スキル持ってたな
やっぱり《危険察知》の有無が死活問題だろ

145: 無名の冒険者 ID:WFgfe5feq

索敵を人任せにしてると、ソロは無理だねぇ……
不意打ち食らったら、格下モンスターでも危ないし
でも盗賊スキルを入れる枠がねえ！

●定価：本体1200円＋税　●ISBN 978-4-434-28127-3

●Illustration：中西達哉

いずれ最強の錬金術師？
SOMEDAY WILL I BE THE GREATEST ALCHEMIST?
1~8
小狐丸
KOGITSUNEMARU
地味～な生産職志望の僕に付与されたのは、
聖剣から空飛ぶ船まで、
何でも造れる最強スキル
錬金術!!
コミックス
1・2巻
好評発売中!
1~8巻
好評発売中!
勇者召喚に巻き込まれ、異世界に転生した僕、タクミ。不憫な僕を哀れんで、女神様が特別なスキルをくれることになったので、地味な生産系スキルをお願いした。そして与えられたのは、錬金術という珍しいスキル。まだよくわからないけど、このスキル、すごい可能性を秘めていそう……!? 最強錬金術師を目指す僕の旅が、いま始まる!
●各定価：本体1200円＋税
●Illustration：人米
●各定価：680円＋税
●漫画：ささかまたろう　B6判

のんびりVRMMO記 1〜10

まぐろ猫＠恢猫（かいね）

(｀>ω<´)

最強主夫(!?)の兄が、ほのぼのゲーム世界でまったりライフ！

累計51万部突破！（電子含む）

双子の妹達から保護者役をお願いされ、最新のVRMMOゲーム『REAL&MAKE』に参加することになった青年ツグミ。妹達の幼馴染も加えた3人娘を見守りつつ、ツグミはファンタジーのゲーム世界で、料理、調合、服飾など、一見地味ながらも難易度の高い生産スキルを成長させていく。超リアルなほのぼのゲーム世界で、ツグミ達のまったりゲームライフが始まった——！

1〜10巻 好評発売中!

各定価：本体1200円＋税　illustration：まろ

コミックス1〜5巻好評発売中!

漫画：山鳥おふう　B6判
各定価：本体680円＋税

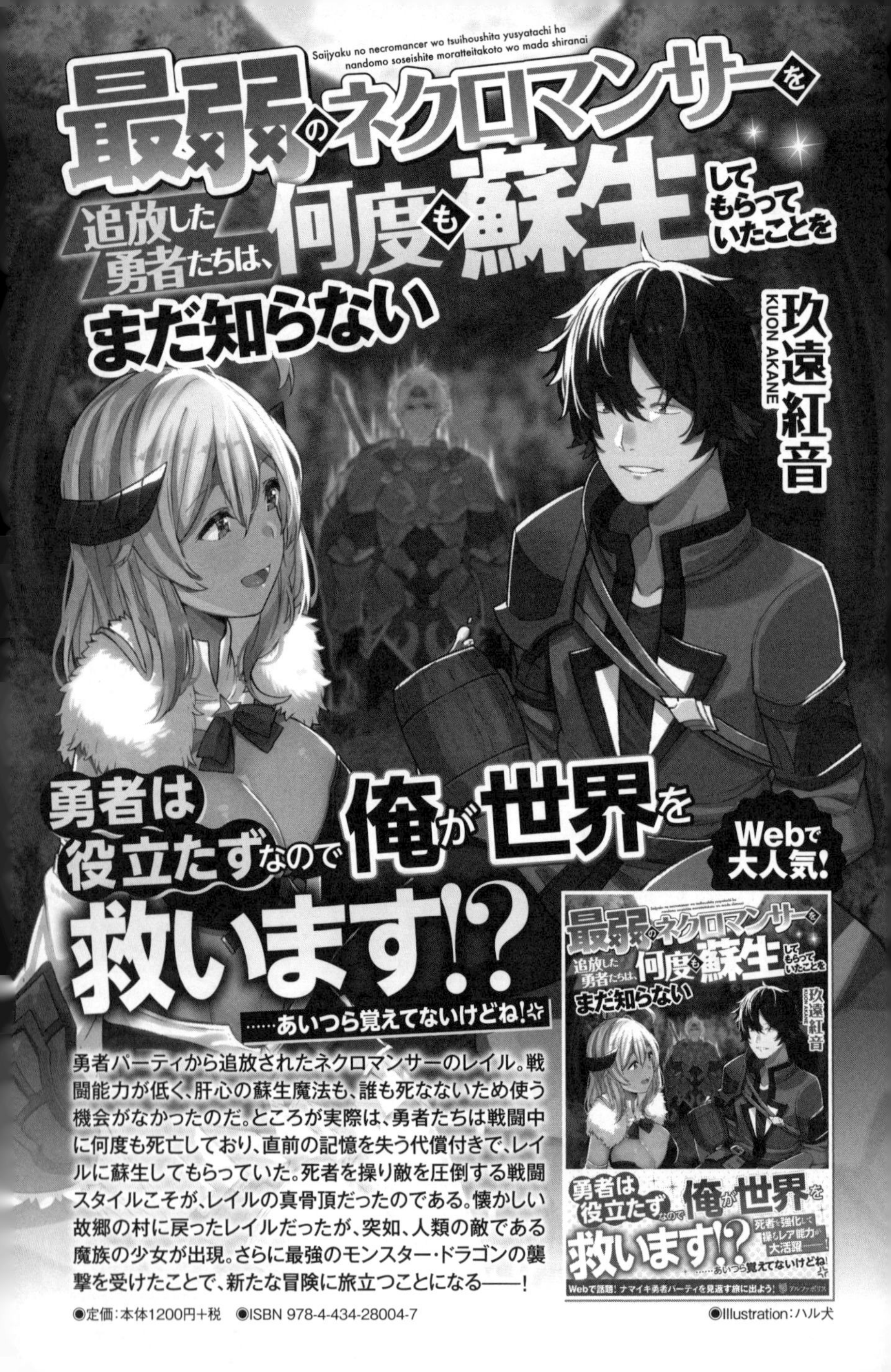

Saijyaku no necromancer wo tsuihoushita yusyatachi ha nandomo soseishite moratteitakoto wo mada shiranai

最弱のネクロマンサーを追放した勇者たちは、何度も蘇生してもらっていたことをまだ知らない

玖遠紅音
KUON AKANE

勇者は役立たずなので俺が世界を救います!?

……あいつら覚えてないけどね!

Webで大人気!

勇者パーティから追放されたネクロマンサーのレイル。戦闘能力が低く、肝心の蘇生魔法も、誰も死なないため使う機会がなかったのだ。ところが実際は、勇者たちは戦闘中に何度も死亡しており、直前の記憶を失う代償付きで、レイルに蘇生してもらっていた。死者を操り敵を圧倒する戦闘スタイルこそが、レイルの真骨頂だったのである。懐かしい故郷の村に戻ったレイルだったが、突如、人類の敵である魔族の少女が出現。さらに最強のモンスター・ドラゴンの襲撃を受けたことで、新たな冒険に旅立つことになる——!

◉定価:本体1200円+税　◉ISBN 978-4-434-28004-7

◉Illustration:ハル犬

この作品に対する皆様のご意見・ご感想をお待ちしております。

おハガキ・お手紙は以下の宛先にお送りください。

【宛先】

〒150-6008 東京都渋谷区恵比寿 4-20-3 恵比寿ガーデンプレイスタワー 8F
（株）アルファポリス　書籍感想係

メールフォームでのご意見・ご感想は右のＱＲコードから、
あるいは以下のワードで検索をかけてください。

ご感想はこちらから

本書はWebサイト「アルファポリス」(https://www.alphapolis.co.jp/)に投稿されたものを、改稿、加筆のうえ、書籍化したものです。

とあるおっさんのVRMMO（ブイアールエムエムオー）活動記（かつどうき）22

椎名ほわほわ

2020年　11月　28日初版発行

編集－宮坂剛
編集長－太田鉄平
発行者－梶本雄介
発行所－株式会社アルファポリス
　〒150-6008 東京都渋谷区恵比寿4-20-3 恵比寿ガーデンプレイスタワー8F
　TEL 03-6277-1601（営業）　03-6277-1602（編集）
　URL https://www.alphapolis.co.jp/
発売元－株式会社星雲社（共同出版社・流通責任出版社）
　〒112-0005東京都文京区水道1-3-30
　TEL 03-3868-3275
装丁・本文イラスト－ヤマーダ
装丁デザイン－ansyyqdesign
印刷－中央精版印刷株式会社

価格はカバーに表示されてあります。

落丁乱丁の場合はアルファポリスまでご連絡ください。

送料は小社負担でお取り替えします。


ISBN978-4-434-28005-4 C0093